THE QUEEN OF CRIME
繁體中文版
20週年
紀念珍藏

殺手魔術

阿嘉莎・克莉絲蒂——著
宋碧雲——譯

They Do It With Mirrors

Agatha Christie®

通俗是一種功力

吳念真（導演、作家）

通俗是一種功力。絕對自覺的通俗更是一種絕對的功力。

這樣的話從我這種俗氣的人的嘴巴說出來，大概很多人要笑破褲底了。不過，笑完之後請容我稍稍申訴。這申訴說得或許會比較長一點，以及，通俗一點。

小時候身材很爛，各種遊戲競爭完全任人宰割，唯一隱遁逃避的方法是躲起來看書或聽大人瞎掰。那年頭窮鄉僻壤的小孩能看的書不多，小學二年級時最喜歡的是超大本的《文壇》，老師借的。看著看著，某天老師發現我的造句竟出現：「捧著：朝陽捧著一臉笑顏為群山剪綵」這樣亂七八糟的文字，就拒絕再讓我看那些超齡的東西了。

老師的書不給看，我開始抓大人的書看。一種是厚得跟磚塊一樣的日文書，對我來說那完全是天書，但插圖好看，經常有限制級的素描。另一種書是比較薄的，通常藏得很嚴密，只是裡面有太多專有名詞、重複的單字和毫無限制的標點，比如「啊啊啊」、「……！！！」

老讓我百思不解。有一天，充滿求知欲地詢問大人竟然換來一巴掌後，那種閱讀的機會和樂趣也隨著消失了。

所幸這些閱讀的失落感，很快從大人的龍門陣中重新得到養分。講到這裡，我似乎先得跟一個村中長輩游條春先生致敬，並願他在天之靈安息。

我所成長的礦區，幾乎全是為著黃金而從四面八方擁至的冒險型人物，每人幾乎都有一段異於常人的傳奇故事。這些故事當事人說來未必精采，但一透過游條春先生的嘴巴重現，有時連當事人都聽得忘我，甚至涕泗縱橫，彷彿聽的是別人的故事。

條春伯沒當過日本兵，可是他可以綜合一堆台籍日本兵的遭遇，一如連續劇般從入伍、受訓、逃亡荒島，面對同鄉同袍的死亡，並取下他們的骨骸寄望帶回故鄉，乃至骨骸過多搞不清哪是誰的等等，讓聽的人完全隨他的敘述或悲或笑，彷彿跟他一起打了一場太平洋戰爭。此外他也可以把新聞事件說得讓一個三、四年級的小孩，到現在仍記得當時腦中被觸動的畫面。例如當年瑠公圳分屍案的凶手做案之後帶著小孩到安東街吃麵（這讓我一直以為台北的安東街是條專門賣麵的街道），還有甘迺迪總統被暗殺、賈桂琳抱住她先生、安全人員跳上飛快的車子保護賈桂琳……當然，這記憶全來自條春伯的嘴巴而不是報紙。我的記憶全是畫面，有畫面，是因為條春伯說得精采，說得有如親臨他至死都還搞不清地理位置的達拉斯命案現場。

於是這小孩長大後無條件地相信：通俗是一種功力，絕對自覺的通俗更是一種絕對的功力。透過那樣自覺的通俗傳播，即使連大字都不識一個的人，都能得到和高階閱讀者一樣的感動、快樂、共鳴，和所謂的知識、文化自然順暢的接軌。也許就是因為這些活生生的例子，俗氣的自己始終相信：講理念容易講故事難，講人人皆懂、皆能入迷的故事更難，而能隨時把這樣的故事講個不停的人，絕對值得立碑立傳。

條春伯嚴格地說是有自覺的轉述者，至於創作者，我的心目中有兩個。一個是日本導演山田洋次，一個是推理小說家阿嘉莎・克莉絲蒂。

山田洋次創造了寅次郎這個集合所有男人優點跟缺點的角色，在以《男人真命苦》為名的系列下，總共完成百部左右的電影。它們的敘述風格、開頭、結尾的方法不變，唯一改變的是故事，是時代，是遍歷日本小鄉小鎮的場景。數十年來，看《男人真命苦》幾已成為日本人每年的一種儀式，一如新春的神社參拜。

數十年前訪問過山田導演，他說，當他發現電影已然有它被期待的性格時，電影已經不是導演自己的。他說：當所有人都感動於美人魚的歌聲時，你願意為了讓她擁有跟你一樣的腳，而讓她失去人間少有的嗓音嗎？

人間少有的嗓音與動人的歌聲，都來自山田導演絕對自覺的通俗創造。

再如阿嘉莎・克莉絲蒂，如果我們光拿出她說過的故事和聽過她故事的人口數字，就足以嚇死你。五十多年的寫作生涯，她總共寫出六十六本長篇推理小說，外加一百多篇短篇小說和劇本。其中有二十六本推理小說被改編，拍了四十多部電影和電視劇集。作品被翻譯成一百零三種文字的版本，銷量超過二十億本。

夠了。你還想知道什麼？知道二十億本的意義是什麼嗎？二十億本的意義是全世界平均三個人就有一個人讀過她的書，聽過她說的故事。

說來巧合，她和山田洋次一樣，創造出個性鮮明的固定主角（當然，前前後後她弄出來好幾個），然後由他（或是她）帶引我們走進一個犯罪現場，追尋真正的罪犯。

故事就這樣？沒錯，應該說這是通常的架構。那你要我看什麼？不急，真的不急，克莉絲蒂會慢慢冒出一堆足夠讓你疑惑、驚嚇、意外，甚至滿足你的想像力、考驗你的耐心和智商的事件來。

推理小說不都是這樣嗎？你說得沒錯，大部分是這樣，不一樣的是……對了，她像條春伯，像山田洋次，她真會說，而且她用文字說。

文字的敘述可以讓全世界幾代的人「聽」得過癮、「聽」個不停，除了聖經，也許就是克莉絲蒂。她不是神，但她真的夠神。

數十年前，台灣剛剛出現她的推理系列中譯本，那時是我結婚前，常有同齡的文藝青年來我租住的地方借宿，瞄到我在看克莉絲蒂，表情詭異地說：「啊？你在看三毛促銷的這個喔？」

我只記得他抓了一本進廁所，清晨四點多，他敲開我的房門說：「幹，我實在很討厭那個白羅……再拿一本來看看，我跟你說真的，要不是你的書，我真的很想把那個矮儸壓到馬桶吃屎！」

我知道他毀了，愛吃又假客氣，撐著尊嚴騙自己。克莉絲蒂再度優雅地撕破一個高貴的知識份子的假面具，她的手法簡單，那手法叫通俗，絕對自覺的通俗，無與倫比、無法招架的功力。

昔日的文藝青年如今跟我一樣，已然老去，但不時還會看到他寫一些充滿理念和使命感極重的文章，在報紙和雜誌上出現。我知道他要說什麼，只是常常疑惑他想跟誰說；同樣，我記得他說過什麼，但轉眼間忘記他說了什麼。但請原諒我，幾十年前那個晚上，他在我家看完的那兩本克莉絲蒂的小說內容，我可還記得清清楚楚。

也許有一天再遇到他的時候，我會問他之後是否還看過克莉絲蒂其他的書，如果沒有，我會跟他說，想讀要趁早，因為你會老、會來不及。至於白羅那個矮儸，大概永遠不會消失。哦，對了，還有一個叫瑪波，你說不定會來不及認識……

瑪波小姐——洞明世事，仍不失對人情的寬諒

吳曉樂（作家）

瑪波小姐是阿嘉莎・克莉絲蒂筆下的兩名神探之一，名氣不若白羅響亮，支持者倒是挺死忠專情。她也是推理小說界「女偵探」的第一把交椅，至今仍無人能動搖其地位。瑪波小姐系列合計有十二本長篇、兩本短篇小說集。以及一篇收錄於《哪個聖誕布丁？》的小說〈葛林蕭的笑話〉。常有讀者受「小姐」二字所誘，誤信瑪波小姐是妙齡少女，但英文中，未婚女性一律以Miss稱之，實際上，瑪波小姐已六十好幾。按照蓋達克警官的形容，「她的模樣非常蒼老，頭髮雪白，粉紅的臉上布滿皺紋，一對藍色眸子柔和且真摯無邪」。

瑪波小姐亦是知名的「安樂椅神探」，她的歲數與支氣管炎等痼疾限縮了她奔走的範疇。大部分時間，瑪波小姐僅在英國村鎮裡穿梭，一邊喝茶，一邊傾聽案件相關的陳述。克莉絲蒂刻意將筆下兩位神探做出區隔，白羅是比利時難民，案件時常顯現壯闊的異國情調，瑪波小姐系列則洋溢著恬謐、悠哉的英國小鎮氛圍。瑪波小姐經手的案件，多半以某座莊

園、公館為中心，在傭人、園丁、廚師、仕紳與貴婦人等交織而成的人際網絡裡，一樁樁謀殺案就此鋪展。

瑪波小姐的經歷有些神祕，讀者只能從她談及自己的稀少橋段，拼湊出模糊的過往：她接受良好教育，曾待過佛羅倫斯的寄宿學校，一度從事過護理工作。再從瑪波小姐坐擁房產、生活講究等細節，我們不難勾勒她中產階級的出身。上述資訊，幾乎是我們能得知的全部了。

至於瑪波小姐的個性，我想徵用瑪波小姐首次登場《牧師公館謀殺案》的語句：「她是村子裡最壞的女人，總是知道每一件事，並且做出最悲觀的推斷。」「在英格蘭，任何偵探也比不上一個上了年紀又有很多閒暇的老處女。」「拿望遠鏡賞鳥的習慣也總是讓她別有收穫。」從這些褒貶相依的評價，我們首先歸納出一些結論：瑪波小姐有些好管閒事，城府也深，偏偏她的判斷比誰都趨近真相。

更細緻地分析，瑪波小姐「溫和無害，乍看糊塗」的表象，是最天然的保護色。與她搭話的人物，屢屢在輕敵的狀態下鬆懈心防，下意識就吐露原先拚命掩藏的犯案痕跡。其次，瑪波小姐認為人性並不複雜，若我們悉心諦視，必能察覺其中的「共性」。她的外甥雷蒙·衛司曾將聖瑪莉米德村喻為「一潭死水」，瑪波小姐則認定死水若放在顯微鏡底下，「其實生機盎然」，而她所謂的顯微鏡，或許指涉了鄉村背景。鄉村生活人情緊密，有助瑪波小姐近距離蒐集人性的不同臉譜。我個人認為，瑪波小姐最專長的辦案手法是「數據分析」，她常將案發現場的樣本扔入聖瑪莉米德村——她的「人性資料庫」，進行搜尋和比對，一旦辨識出相似的行為態樣，接下來她將安坐椅上，預估其發展。是以瑪波小姐一再「後發先至」，她抵達現場的時間總是不無「遲到」的味道，不過待她釐清人物之間的譜系和利害關係，旋即能夠盤整出一些關鍵，為案件帶來重大突破。

瑪波小姐以閒談獲取的情報，都顯得那麼普通、不起眼，她卻能如同手上的編織活，這一針那一線巧妙地穿引，後續再輕輕一扯，將線索行雲流水地組織起來。瑪波小姐深諳自往昔的歲月萃取珍貴的經驗，舉例來說，有一回，她以「聖靈降臨節過後的週一，園丁必不上班」為由，輕易識破一則謊言；也有一回，她從「發音方式」捕捉到講述者的故弄玄虛。

初識瑪波的讀者，我建議以短篇小說《十三個難題》為前菜，篇幅短小，清爽不占空間，品嘗的餘韻足夠引發興致。至於長篇，我心儀《殺人一瞬間》，此作推理成分相對清淡，架構上更接近「豪門恩怨肥皂劇」，序幕即嵌入一場駭人的畫面，將讀者牢牢地鉤入劇情。辦案過程中，瑪波小姐另聘慧黠迷人的露希小姐，潛入疑雲重重的鹿瑟福。兩位小姐的視角頻仍轉換，前場後場的調度十分緊湊，讓讀者捨不得輕易暫停。克莉絲蒂向來很節制「愛情」的著墨，但在此作，她給露希小姐點綴了幾許風花雪月，時至今日，露希小姐情歸何處，是海內外讀者樂此不疲的謎題。而在《死亡不長眠》中，步履蹣跚的瑪波小姐擔憂一對年輕夫婦，不惜啟程遠行，讓我們見到她慈幼的一面。《加勒比海疑雲》也帶給我相當的樂趣，見瑪波小姐與毒舌老富翁拉斐爾搭檔，完成第一次在國外大展長才的紀錄，很是過癮。續作《復仇女神》，拉斐爾已逝，留下一封報酬頗豐的委託，瑪波小姐積極走入謎團，讀者可以看清她心中晃蕩不止的漣漪。瑪波小姐追憶拉斐爾的絮語，我認為是全系列裡罕有的「情愫」展現。

瑪波小姐還有項令人歆羨的本事：她的才華普遍獲得男性同儕的認同。亨利爵士稱她「本人絕無僅有，四星級睿智的紅粉知己，老太婆中的超級老太婆」。尼勒警官如此形容她：「為人正直，具有無可指摘的正義感。」時間跨幅長久的蓋達克警官更是五顆星好評：「瑪波小姐能夠用最大限度的鎮靜來思考謀殺、猝死，以及各種真實罪案。」

按照出版年代，《瑪波小姐的完結篇》是瑪波小姐最後一次現身。若以氛圍而言，我認為《破鏡謀殺案》裡瑪波小姐的自述，更適切地傳達出這位天才神探正緩緩邁向遲暮，「人必須面對現實：聖瑪莉米德昔日風貌不再。當然，從某種意義上說，沒有一樣東西能一如往昔。你可以怪罪戰爭（兩次世界大戰），怪罪年輕這一代，或者出去工作的女人，或者原子彈，或者政府，但其實你真正不滿的只是一個簡單的事實：你正在變老」。瑪波小姐信任的傭人凋零，外甥為她聘請的女傭竟把她視為昏聵無知、需要悉心呵護的老人家。萬幸的是，摯友荷大克醫師捎來了慰藉，他認為瑪波小姐最合適的藥方就是：一場謀殺案。這舉止點醒了讀者，縱使低調不鋪張，瑪波小姐依然、無庸置疑地對辦案懷有莫大熱情。

文章的尾聲，我要再次回到瑪波小姐的人性觀，她雖堅稱「最無情的猜測往往都會被證實為真」，倒也不吝坦承「我總是對人性抱著希望」。這位英國小姐的魅力自然流淌，她洞明世事，仍不失對人情的寬諒。

獻詞

阿嘉莎・克莉絲蒂是世界讀者最眾，也最廣受喜愛的女作家。身為克莉絲蒂的孫兒，我相信奶奶會非常樂見這次出版，因為她極以自己作品中的趣味與娛樂為豪。歡迎所有喜歡本系列的台灣新讀者參與這場饗宴！

——馬修・培察（Mathew Prichard）

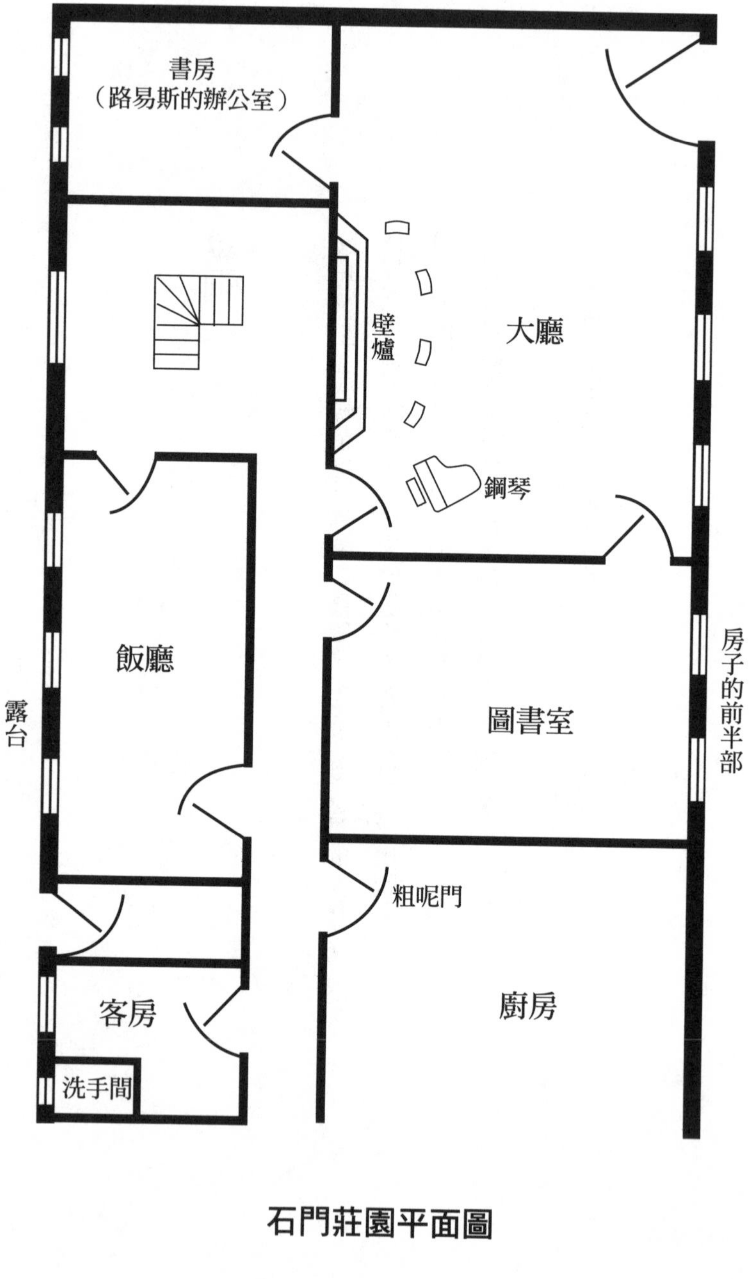

石門莊園平面圖

／01

范里多夫人在鏡子前方倒退兩三步，嘆了一口氣。

她喃喃地說：「嗯，必得這樣。」又說：「珍，覺得還不錯吧？」

瑪波小姐以評鑑的眼光打量這件 Lanvanelli 的新款服裝。

「我覺得這件長袍美極了。」她說。

「馬馬虎虎。」范里多夫人說著嘆了一口氣。

「幫我脫下來吧，史蒂芬妮。」她說。

灰髮細唇的老女傭小心翼翼地由范里多夫人的手臂徐徐脫下長袍。

范里多夫人身穿桃紅色的緞子套裙，站在鏡子前面。她的胸衣很精細。依舊玲瓏的雙腿罩著上好的尼龍絲襪。化了一層薄妝，又經常按摩，遠遠看去，臉蛋幾乎有點像少女。她的頭髮與其說是灰色，不如說是紫陽花的色調，梳理得十全十美。望著范里多夫人，很難想像她實際的年齡。凡是金錢能夠買到的一切，她樣樣俱全……更何況她還節食、按摩並且經常運動。

露絲．范里多以幽黠的眼光打量她的朋友。

「珍，你想大多數人會不會猜到我年齡和你差不多？」

瑪波小姐據實回答。她保證說：「我相信一時看不出來。你知道，人家一看就知道我的年齡！」

瑪波小姐滿頭白髮，白裡透紅的面孔滿是皺紋，有一雙天真的瓷藍色眼珠。她的外貌像個非常慈祥的老太太。沒人會說范里多夫人是慈祥的老太太。

范里多夫人說：「珍，我猜你就給人那種印象。」她突然露齒一笑。「我也一樣。只是方式不同。『那個老女巫真會保養身段。』大家都這麼說我。不過他們知道我是老女巫！老天，我像嗎？」

她重重跌坐在緞面椅墊上，對著傭人說：「好了，史蒂芬妮，你可以走了。」

史蒂芬妮收走衣服退下去。

范里多夫人說：「忠心的老史蒂芬妮，她跟了我三十幾年，唯有她知道我的廬山真面目！珍，我有事要和你談談。」

瑪波小姐身子向前傾，臉上現出接納的表情。在昂貴旅館的豪華套房中，她顯得很不相稱。她穿著邋遢的黑衣服，手提一個大購物袋，一舉一動都像淑女。

「珍，我很擔心。擔心凱莉·勞思。」

「凱莉·勞思？」

瑪波默默回味這個名字，想起早年的時光。

佛羅倫斯的寄宿學校。她自己是個皮膚白裡透紅的英國姑娘，來自天主教學苑。兩位姓馬丁的女孩子是美國人，語調怪怪的，作風坦率而充滿活力，在英國女孩眼中相當動人。露絲是個高個子，個性懇切，高高在上；凱莉·勞思嬌小玲瓏、雅致，愛沉思。

「珍，你多久沒看到她了？」

「噢！好多年了，至少有二十五年。我們聖誕節還互寄卡片。」

友誼，好奇怪的東西！她──珍·瑪波──和這兩個美國人。她們分道揚鑣，但是情感一直存在；偶爾通通信，聖誕節問候一番。說也奇怪，兩姐妹之中露絲住在美國，她和露絲反而經常見面。不，也許不奇怪吧。露絲像大多數那一階層的美國人，四海為家，每年或隔年就到歐洲一趟，由倫敦趕到巴黎，轉往里維拉海岸，然後回國，不管到哪裡，都會找老朋友聚談片刻。這樣的會面不知有多少。在卡拉瑞吉，在薩伏，在柏克萊或多徹斯特；吃一頓考究的大餐，追懷往事，然後匆匆道別。露絲一直沒有時間去拜訪聖瑪莉米德村。說真的，瑪波從來不指望她去。每個人的生活都各有節拍。露絲的生活是快板，瑪波小姐則甘於慢板的生活。

就這樣，住在美國的露絲她常常看到，但和她同住英國的凱莉．勞思，反而有二十多年沒見面了。說來奇怪，卻也很自然，因為住在同一個國家，沒有必要和老朋友安排會面的事宜。我們總覺得遲早會碰面。但是，你們搬到不同的地區，根本碰不到。珍．瑪波和凱莉．勞思的道路沒有交點，事情就是這麼簡單。

「露絲，為什麼你替凱莉．勞思擔憂呢？」瑪波小姐問道。

「這點我也相當困擾！因為我根本說不上來。」

「她沒生病吧？」

「她很嬌弱，一向如此。我不覺得情形會比從前嚴重。想想她和我們一樣，年齡也漸漸老了。」

「她生活不幸福？」

「噢，不。」

不，不至於如此，瑪波小姐思忖道。很難想像凱莉．勞思不幸福。不過她一生必定曾經有過不幸福的日子。只是，畫面並不明顯。迷惑，可能；猜疑，可能；然而極度的悲哀，不可能。

范里多夫人的話適時傳過來。

「凱莉・勞思一向超脫於現實之外。她不知道世道人心。也許我就是擔心這一點。」

「她的環境……」瑪波小姐說到一半又打住了，搖搖頭。「不。」她說。

露絲・范里多說：「不，是她本身。凱莉・勞思一向是我們之間最有理想的人。我們年輕的時候，具有理想是一種風尚……我們也都有，年輕女孩本當如此。珍，你想去照顧痲瘋病人，我想去當修女。但我們後來便漸漸超越那些胡思亂想了。應該說，婚姻去除了我們的幻想。不過，大體說來，我從婚姻中還獲利不淺哩。」

瑪波小姐覺得露絲的說法頗為適中。露絲結過三次婚，每次都嫁給大闊佬，而每次離婚也都獲得一大筆財富，心情倒沒有什麼壞影響。

范里多夫人說：「當然啦，我的性格一向剛強，不因外在事變而沮喪。我對人生沒有多大期望，對男人當然也沒有多大期望；我處理得很好，感情都不會交惡。湯米和我還是好朋友，朱利亞斯也常常聽取我對商場的意見。」她的臉色一沉。「我想凱莉・勞思讓我擔心的就是這一點……你知道，她老愛嫁給怪人。」

「怪人？」

「有理想的人。凱莉・勞思對理想一向很著迷。當年她年輕漂亮，只有十七歲，老睜著大眼睛聽葛布蘭森提出他對人類的計畫。他已年過五十，她還嫁給他，一個老鰥夫，又有成年的兒女……只因為他的博愛觀念。她總是靜靜聽他說話，彷彿著了魔。就像黛絲狄蒙娜和奧賽羅[1]。幸虧沒有壞蛋伊阿古[2]來搗鬼……而且葛布蘭森也不是黑人。他是瑞典人或挪威人吧。」

瑪波小姐若有所思地點點頭。葛布蘭森的大名舉世皆知。他靠精明的生意頭腦和完美的誠實信用賺了很多很多錢，唯有做慈善事業才能處置這筆大財富。這個姓名至今還很重要。葛布蘭森基金會、葛布蘭森研究委員會、葛布蘭森救濟院，最有名的是那所員工子弟的大型教育學院。

露絲說：「你知道，她不是為錢而嫁給他。如果我嫁給他，一定是貪他的財富。但是凱莉．勞思不然。他若不是在她三十二歲那年死去，我不知道會有什麼結果。三十二歲對寡婦來說是個很美妙的年齡。她有了經驗，但她還有變通的能力。」

老處女細細聆聽，輕輕點頭，暗自回想她在聖瑪莉米德村認識的寡婦們。

「凱莉．勞思嫁給強尼．瑞斯塔立，我真的很高興。當然他是看中她的財產才娶她。就算不完全如此，反正她若一文不名，他絕不會娶她。強尼是一個自私而愛享受的懶骨頭，不過這種人比怪人安全多了。強尼只想過舒服日子。他要凱莉．勞思上最好的服裝店，買遊艇汽車，陪他吃喝玩樂。這種男人真安全。給他舒服和奢侈的享受，他會乖得像小貓一樣，讓你疼進心裡。他的布景設計和劇本，我從來不當真。凱莉．勞思卻感動極了，覺得是一流的藝術，真的把他逼回舊日的環境，結果那個可怕的南斯拉夫女人黏上他，把他拐跑了。他並不是真心想走。凱莉．勞思若是願意等，而且講理些，他會回到她身邊。」

「她很在乎嗎？」瑪波問道。

「說來有趣，我不相信她在乎。她的態度很體諒……她就是那個樣子，她生性寬和，一心想離婚，讓他和那個女人結婚。還建議他和前妻生的兩個男孩子住在她家，因為那樣對他們比較安定。可憐的強尼，他非娶那個女人不可。兩個人過了六個月可怕的生活，最後有一天他氣沖沖地開車出門，摔下絕壁。大家說是意外，我想是發脾氣的關係！」

范里多夫人停下來，拿出一面鏡子，細細地端詳她的臉蛋。她拿出眉毛鉗，拔下一根毛髮。

「接著凱莉．勞思就嫁給這位路易斯．西羅可。又是一個怪人！一個有理想的人！我不是說他不愛她……我想他是，不過他一心想要改善別人的生活。你知道，除了自己，誰也改變不了誰。」

「我懷疑。」瑪波小姐說。

1 出自莎士比亞名劇《奧賽羅》（*Othello*），黛絲狄蒙娜（Desdemona）是奧賽羅的妻子。

2 伊阿古（Iago）是《奧賽羅》中的反派角色。

「當然啦，這種事情也有流行風尚，和服裝差不多（老天，你看見克里斯汀．迪奧要我們穿什麼樣的裙子沒？）。我說到哪裡了？噢，對了，風尚。慈善行為也有風尚。葛布蘭森那個時候是教育。現在不流行了。國家概念也插上一腳。每個人都自覺該受教育，可是一旦得到了，卻看得一文不值！青少年犯罪今天最猖獗。大家都為這些少年犯和潛在的罪犯瘋狂。你真該看看路易斯．西羅可戴一副厚眼鏡，眼睛閃閃發光的樣子。為熱誠而發狂！他是意志力超強的人，只吃一根香蕉和一片吐司度日，將所有精力投入一個目標。凱莉．勞思竟全盤接受！她一向如此。但是我覺得不妙，珍。他們開了幾次基金信託人會議，將整片房產翻修，以實現這個新觀念。它現在是少年犯的訓練所，還請了精神病學家和心理學家。路易斯和凱莉．勞思就住在那兒，四周全是小男孩……也許都不太正常；放眼淨是治療師、教師和狂熱份子，半數瘋瘋癲癲的。他們全是怪人，而我的小凱莉．勞思就置身其間！」

她打住了，無助地盯著瑪波小姐。

瑪波小姐用困惑的語氣說：「但是露絲，你還沒告訴我，你到底在擔憂什麼。」

「我說過了，我不知道……而我擔心的正是這一點。我才剛搭飛機去那兒看過她。我一直覺得有點不對勁。那氣氛，那房子……我知道我沒看錯。我對氣氛很敏感，一向如此。我有沒有跟你說過，我在大跌價以前勸朱利亞斯把混合穀物賣掉？我不是做對了嗎？是的，那邊有點不對勁。不過我不知道是什麼或為什麼，不知是那些可怕的小犯人還是家裡有問題。

我說不出是什麼。路易斯只為理想而生存，別的事情一概不管；而凱莉・勞思——願上帝保佑她——卻只看得見可愛的畫面，聽得到可愛的聲音，懷抱著可愛的思想，其他的一概不接受。善良但不切實際。世界上真的有惡人惡事存在……珍，我要你馬上到那邊，查明是怎麼回事。」

瑪波小姐大聲說：「我？為什麼要我去呢？」

「因為你對這一類的事有直覺的識別力，你一向都有。珍，你看起來溫柔又天真，其實什麼都嚇不著你，你始終相信最壞的一面。」

「而最壞的那一面往往是最真實的。」瑪波小姐喃喃說道。

「你怎麼將人性看得那麼悲觀，我實在想不通……你住在一個甜蜜安詳的村莊裡，那麼古老而純真的世界。」

「露絲，你沒在鄉村住過。純真而安詳的小村莊所發生的事情，往往會讓你嚇一跳呢。」

「噢，也許吧。而我認為它們是嚇不著你的。所以請你到石門莊園去看看什麼地方不對勁，好嗎？」

3 克里斯汀・迪奧（Christian Dior）是法國時尚品牌，一九四六年創立。

「不過露絲，這很難辦哩。」

「不，不至於，我徹底想過了。請你別生氣，我已經安排好了。」

范里多夫人停下來，擔憂地看看瑪波小姐，又點了一根菸，然後緊張兮兮提出說明。

「我相信你也會承認，戰後收入不多的英國人，日子很難過……珍，也就是像你這一類的人。」

「噢，確實不錯。要不是我的外甥雷蒙好心接濟，我真不知道要棲身何處。」

范里多夫人說：「別管你的外甥。凱莉．勞思不知道他的事情……就算知道，也只知道他是作家，不知道他是你外甥。我對凱莉．勞思說，珍的日子很淒涼，有時候簡直吃不飽，又不肯向老朋友求援。我說我們不能捐錢給她，不過若能在活潑的環境中長住，有老朋友和營養充分的食品，無憂無慮……」露絲．范里多停了半晌，然後斷然加上一句：「現在，你若要對我發脾氣，請便吧。」

瑪波小姐有點吃驚，睜著一雙瓷青色的眼睛。

「我為什麼要對你發脾氣呢？這個辦法很巧妙、很合理嘛。我相信凱莉．勞思一定會有反應。」

「她會寫信給你。你回去就會看到那封信。說真的，珍，你不覺得我太放肆了嗎？你不介意……」

她遲疑半晌。

瑪波小姐巧妙地說出心裡的念頭。

「介意我以不太真實的藉口，到石門莊園受人接濟？事情若有必要，就沒有關係。你認為有必要……這我也有同感。」

范里多夫人盯著她。

「為什麼？你聽到什麼傳言了？」

「我沒聽到什麼。我根據的只是你的信念。露絲，你並不是愛幻想的人。」

「沒錯，不過我沒有確切的依據。」

瑪波小姐若有所思地說：「我想起一個星期日的早晨，大家在教堂做禮拜……那是耶穌降臨節的第二個星期日，我坐在葛蕾絲．蘭寶後面，愈來愈替她擔心。你知道，她一定有些問題……嚴重的問題，可是我說不出道理何在。只是一種極度不安的感覺，不過非常非常肯定。」

「是不是真有問題？」

「噢，是的，是她父親。她父親是海軍老上將，有段時間精神不正常，第二天他拿著炭鏈追打她，說她是假基督徒冒充他的女兒。他差點就把她打死。大家把他送到精神病院，她在醫院住了好幾個月，傷勢終於復元了。不過時間實在很接近。」

「前一天在教堂你真的有預感?」

「不能叫作預感,是有事實根據,雖然當時察覺不出來。事情通常都有跡可尋……她將星期日的帽子戴反了。這其實有重大的含義,因為葛蕾絲·蘭寶是非常古板的人,根本不糊塗或精神恍惚,但她居然沒發現帽子戴反就上教堂,這種情形十分少見。你知道,原來是她父親向她丟一塊大理石紙鎮,把鏡子敲碎了。她抓起帽子,往頭上一戴,匆匆出門。一心想保持整潔的外觀,不讓傭人聽見什麼。你知道,她說這些行為是『親愛老爸的海軍脾氣』,沒想到是他的腦筋有問題。她早就應該看出來才對。他一直向她抱怨,說有人監視他,有仇人要害他……其實這都是常見的症狀。」

范里多夫人畢恭畢敬地望著她的朋友。她說:「珍,也許你的聖瑪莉米德不是我想像中的田園淨地。」

「朋友,人性到處都差不多。只是大都市不容易近距離觀察,如此而已。」

「你肯去石門莊園?」

「我會去石門莊園。這對我的雷蒙也許有點冤枉;我是說,讓人家以為他不肯幫助我。不過他到墨西哥六個月,到時候事情應該過去了。」

「什麼應該過去了?」

「凱莉·勞思不會請我無限期住下去。三週,或者……一個月,那就夠了。」

「就足以查出什麼地方不對勁？」

「就足以查出什麼地方不對勁。」

范里多夫人說：「老天，珍，你真有自信，不是嗎？」

瑪波小姐微微露出責難的表情。

「是你對我有信心，露絲，至少你這麼說過……我只能向你保證，我盡量不辜負你的信心。」

／02

搭車回聖瑪莉米德以前（星期三是回程特別減價的日子），瑪波小姐先收集一些資料，態度精確而冷靜。

「凱莉・勞思和我固定通信，不過大都是聖誕卡或送日曆。露絲，我只想打聽幾件事，還有我在石門莊園會碰見哪些人。」

「好吧，你知道凱莉・勞思嫁給葛布蘭森。起先沒生孩子，凱莉・勞思耿耿於懷。葛布蘭森是個老鰥夫，已經有三個成年的兒子。最後他們收養一個小孩，取名琵琶，是個可愛的小女孩。領養的時候，她才兩歲。」

「她是從哪裡來的？出身背景如何？」

「珍，就算聽說過，我現在也想不起來了。大概是收養協會吧？或是葛布蘭森聽人說起的一個棄兒。怎麼，你認為這點很重要嗎？」

「噢，總會想知道事情的背景。請你再往下說吧。」

「接著凱莉．勞思發現她懷孕了。我聽醫生說，常常有這種事情。」

瑪波小姐點點頭。

「我相信是如此。」

「總之，真有這回事。說也奇怪，凱莉．勞思竟有點驚惶失措，你大概明白我的意思吧。若是早點懷孕，她真要樂昏了。不過當時她全心愛著琵琶，竟為這意外的喜訊而對琵琶感到歉疚。總之，瑪翠出生了，長相真不討人喜歡，就像葛布蘭森家的人，他們十分高尚可靠，但是外貌都很醜陋。凱莉．勞思一直想公平對待養女和親生女兒，最後她反而有點溺愛琵琶，冷落了瑪翠。有時候我覺得瑪翠很憤慨。然而我不常看到她們兩姐妹。琵琶長成一個美麗非凡的女子，瑪翠則相貌平庸。艾利克．葛布蘭森去世的時候，瑪翠十五歲，琵琶十八歲。琵琶在二十歲那年嫁給一個義大利人，聖西凡尼諾爵爺——噢，一個如假包換的爵爺——不是冒險家之流的。她被視為豪門繼承人（當然，否則聖西凡尼諾不會娶她，你知道義大利人的作風），葛布蘭森為親生女兒和養女留下同等數目的信託基金。瑪翠嫁給一位姓史屈特的牧師，人很好，但是有鼻炎的毛病，比她大十歲或者十五歲左右。我相信他們過得很幸福。

「一年前他去世，瑪翠回石門莊園和母親同住……不過我說得太快了，跳過了另外一兩樁婚姻。現在我回頭說起。琵琶嫁給義大利人，凱莉．勞思很滿意這樁婚事。吉多．聖西凡尼諾風度翩翩，外貌俊美，而且是一流的運動員。一年後，琵琶生下一個女兒，難產去世。這是樁可怕的悲劇，吉多．聖西凡尼諾很傷心。凱莉．勞思經常在義大利和英國之間來來去去，她在羅馬邂逅強尼．瑞斯塔立，與他結婚。而那位爵爺也再娶了，他很樂意將小女兒交給闊外婆帶到英國撫養。於是他們都在石門莊園定居，包括強尼．瑞斯塔立和凱莉．勞思夫婦，強尼的兩個兒子亞歷和史蒂夫（強尼的前妻是俄國人），還有小外孫女紀娜。不久瑪翠就嫁給了她的牧師夫婿。接著強尼姘上一個南斯拉夫籍的野女人，凱莉．勞思於是和他離婚。那兩個男孩子假日還到石門莊園，對凱莉．勞思十分敬愛。我想是一九三八年吧，凱莉．勞思第三度結婚，嫁給現在的路易斯．西羅可。」

范里多夫人停下來喘氣。

「你沒見過路易斯吧？」

瑪波小姐搖搖頭。

「沒有，我上次和凱莉．勞思見面，好像是一九二八年。她好意帶我到倫敦科芬園去聽歌劇。」

「噢，路易斯和她真是天造地設的一對。他是一家著名會計師事務所的負責人。我想他們第一次見面，是商談葛布蘭森基金會和學院的某些財務問題。他手頭寬裕，和她年齡差不多，生活又高尚無比。不過他是個怪人，對拯救少年犯的問題非常熱心。」

露絲．范里多嘆了一口氣。

「我剛才說過，慈善事業也有其流行風尚。葛布蘭森那時候是教育，更早是服務窮人的免費餐廳……」

瑪波小姐點點頭。

「沒錯，真的，給病人送葡萄露和牛腦湯。家母常常這麼做。」

「對極了。後來餵養身體漸漸改成餵養心靈，人人都為教育低階民眾而狂熱。好啦，現在過時了，我想很快就會流行不教育孩子，讓他們十八歲還不識字。總之，葛布蘭森基金會和教育公債有了困擾，因為政府替代了它的功能。於是路易斯滿懷熱情，轉而為少年犯規畫有系統的訓練。他第一次注意到這個問題，是在執業過程中查核一批聰明的年輕人所做的假帳。他愈來愈相信少年犯並不低能，認為他們有絕佳的腦袋和才幹，只是需要正確的指引。」

瑪波小姐說：「這話有些道理，但也不全對。我記得……」

她突然打住，看看手錶。

「噢，老天，我可不能錯過六點半的火車。」

露絲．范里多夫人連忙說：「你肯去石門莊園囉？」

瑪波小姐拎起購物袋和雨傘說：「如果凱莉・勞思請我去……」

「她會邀請你的。你肯去？一言為定了，珍？」

瑪波小姐鄭重答應。

／03

瑪波小姐在金寶市場站下車。一名同車旅客好心將她的皮箱遞下來。瑪波小姐抓著一個提包、一個褪色的羽毛皮包和五花八門的圍毯，結結巴巴地向他道謝。

「謝謝你……現在出門真難，腳夫太少了，我出門好狼狽。」

這串呢喃被車站廣播員的嗡嗡聲淹沒了，他正大聲宣布三點十八分的火車在一號月台，正要開往各站，站名報得模糊不清。

金寶市場是一個迎風的空曠大站，月台上幾乎看不到旅客或站務人員。該站以六個月台和一條側線而知名，側線上有一輛單節車廂的小火車正大吐菸圈呢。

瑪波小姐穿著比平常更邋遢的服裝（幸虧她沒有拋棄那件斑點花樣的洋裝），四下張望，一個年輕人走上來。

「瑪波小姐嗎？」他說。他的嗓音出奇地戲劇化，彷彿在業餘劇場中演出一角，頭一句台詞便是唸她的名字。「我來接你……我是石門莊園來的。」

瑪波小姐感激地看看他，狀似一個可愛而無助的老太太，但他若有機會注意一下，會發覺她有一雙精明的藍眼。年輕人的形貌和聲音不太配合，顯得不太自信，簡直可以說無比卑微。他的眼皮緊張兮兮地跳個不停。

瑪波小姐說：「噢，謝謝你，只有這個皮箱。」

她發現年輕人並不親自替她拎皮箱。他對一名正在推行李台車的腳夫彈彈手指。

腳夫愉快地說：「馬上來，稍等一下。」

瑪波小姐覺得身邊這位年輕人不太高興。彷彿白金漢宮遭到冷落，只被人看成拉伯南路三號似的。

他說：「火車站的服務愈來愈讓人受不了！」他帶瑪波小姐走向出口。「我是艾戈・羅生。西羅可夫人要我來接你。我替西羅可先生辦事。」

他又隱隱約約暗示，他是個忙碌而重要的人，現在暫時把要事擱在一邊，好心幫雇主夫人的大忙。

這個表現並不具說服力，十足的裝腔作勢。

瑪波小姐開始對艾戈・羅生感到疑惑。

他們走出車站，艾戈帶老太太走向一輛古舊的福特Ｖ8型汽車。

他正要說「你要陪我坐前面，還是選擇後座」時，事情突然有了變化。一輛閃閃發光的雙人羅斯本特利跑車噗噗噗開入車站廣場，停在福特車前面。一位非常美麗的女人跳下車，向他們走來。她穿著髒兮兮的棱條花布褲和一件簡單的開領疏紋襯衫，可見她不但美麗，而且很會花錢。

「你來啦，艾戈，我以為趕不及哩。我看你接到了瑪波小姐。我去見見她。」她向瑪波小姐嫣然一笑，曬黑的南國臉蛋露出一口可愛的貝齒。她說：「我是紀娜，凱莉．勞思的外孫女。你一路還順利吧？或者渾身難受？好一個漂亮的提包。我喜歡吊帶提包。我來拿，還有外套，好讓你上車。」

艾戈滿面通紅，提出抗議。

「聽著，紀娜，我來接瑪波小姐，事先全安排好了……」

紀娜又露出懶散的笑容。

「噢，我知道，艾戈，但我突然覺得來一趟也不錯。我載她一程，你再等一等，待會兒把她的皮箱載回去。」

她為瑪波小姐關上車門，走到另外一邊，跳上駕駛座，車子便迅速駛離車站。

瑪波小姐一回頭，看到艾戈．羅生的臉色。

「孩子，我覺得羅生先生不太高興。」

紀娜笑一笑，說：「艾戈是個大白癡，最愛小題大做。你還真以為他在乎哩！」

瑪波小姐問道：「他難道不在乎？」

「艾戈？」紀娜的笑聲不自覺含有冷酷的調調。「噢，反正他是瘋子。」

「瘋子？」

紀娜說：「石門莊園的人都是瘋子。我不是指路易斯、外婆、我和那兩兄弟，當然也不包含貝勒佛小姐。是其他的人。有時候我覺得住在那裡，自己也有點發瘋了。連瑪翠阿姨都常常出門散步，喃喃自語……你想不到牧師的遺孀會這樣吧！」

他們駛出車站門道，加速開上平滑而空闊的大路。紀娜匆匆斜睨了瑪波小姐一眼。

「你和外婆是同學，對吧？我覺得好怪喔。」

瑪波小姐完全了解她的意思。在年輕人眼中，老年人也曾年輕過，留過辮子，讀過十進位和英國文學，總讓他們覺得不可思議。

「一定事隔很久很久了。」紀娜的嗓音充滿敬畏，盡量不顯失禮。

瑪波小姐說：「沒錯，的確如此。我想，你覺得我比你外婆更顯得衰老吧？」

紀娜點點頭。

「你說這句話真善解人意。你知道，外婆給人一種長生不老的感覺。」

「我好久沒看到她了，不知道她改變了多少。」
紀娜含糊地說：「當然啦，她頭髮白了。而且有關節炎，走路要用拐杖，最近還愈來愈嚴重。我想……」她突然打住，問對方：「你到過石門莊園沒有？」
「不，從來沒去過。當然，我聽過不少傳聞。」
紀娜愉快地說：「那裡相當詭異，可以算是哥德式的古怪建築，史蒂夫所謂『最佳的維多利亞衛浴時期』。不過滿好玩的。只是樣樣都帶著狂熱氣息，你到處碰得見精神治療專家，他們忙得津津有味，活像童子軍團長，卻糟糕多了。有些少年犯還不如說是寵物哩。有個人教我用鐵絲弄開門鎖，還有一個面如天使的少年教我怎麼揮棒打人。」
瑪波小姐細細斟酌這些資料。
紀娜說：「我最喜歡殺手，我不大欣賞怪怪的人。當然啦，路易斯和梅夫里醫生認為他們都不正常……我意思是說，他們認為那是願望受阻、家庭生活混亂、母親和軍人私奔等等原因造成的。我不以為然，因為有些人家庭生活雖然很糟糕，卻設法活得正正常常。」
「我相信，這是一個很棘手的問題。」瑪波小姐說。
紀娜笑笑，又露出晶瑩的貝齒。
「我不太為這些事情操心。我想有些人具有這一類的衝動，一心想改善世界。路易斯對這些事情有一股狂熱。下星期他要到亞伯丁去，因為違警法庭出現了一樁病例，是一個有五次前科的少年。」

「到車站接我的那位年輕人呢？我是指羅生先生。他說他幫西羅可先生做事，他是不是他的祕書？」

「噢，艾戈的腦袋不行，不可能當祕書。其實他是一個病例。他以前常住在旅館裡，自稱是獸醫團員或飛行員，向人借錢，然後賴債搬家。我想他只是個下流胚罷了。不過路易斯給他們立下規矩，讓他們自覺是家中的一份子，給他們工作，盡量啟發他們的責任感。我說啊，我們遲早要被一個狂人殺掉。」紀娜大笑說。

瑪波小姐卻笑不出來。

他們轉入一扇顯眼的大門，有個穿制服的門警正在站崗，車子駛上一條杜鵑花夾道的車路。車道保養很差，地面好像沒人整理。

紀娜看出她的眼神，便說：「戰時找不到園丁，後來我們就不費心多管了。不過看起來真糟糕。」

他們駛過一個彎道，石門莊園便呈現在眼前，壯麗而耀眼。紀娜說得不錯，這是維多利亞時代的哥德式大建築……一種炫耀財力的廟宇。不過為發展慈善事業，它被加蓋了不少側廂和外樓，形式雖然沒有什麼差別，卻使大廈失去了整體的凝聚力。

紀娜親熱地說：「怪怪的，對吧？外婆在露台上。我在這邊停車，你可以走過去找她。」

瑪波小姐順著露台走向老朋友。

那個嬌小的人影雖然拄著拐杖，走起路緩慢又痛苦，但遠遠看去，卻像個少女似的，活像少女誇張地模仿老人家的動作。

「珍。」西羅可夫人說。

「親愛的凱莉・勞思。」

沒錯，正是凱莉・勞思。她居然沒什麼改變，居然還顯得相當年輕，只是不像她姐姐，她不是用化妝品或人工的方法來保持青春。頭髮白了，但她的秀髮一向是銀灰色，顏色沒有多大改變；她的皮膚還是玫瑰花瓣的粉紅色，只是如今化為皺巴巴的玫瑰花瓣罷了；明眸仍透出星子般無邪的神采。她具有少女般苗條的身段，腦袋還像小鳥般斜伸著。

凱莉・勞思用甜美的嗓音說：「這麼久沒聯絡，是我不對。珍，好多年沒看到你了。你終於到這邊來看我們，真好。」

紀娜由露台末端叫道：「外婆，你該進去了。天氣轉涼了，裘麗會生氣喲。」

凱莉・勞思發出銀鈴般的笑聲。

「他們總是大驚小怪，一再提醒我是個老太婆。」

「你的心情不像老太婆。」

「是啊，珍，我是不像，雖然我渾身病痛，骨子裡還是像紀娜一樣年輕。也許大家都一樣。鏡子已經照出衰老的容顏，他們卻不肯相信。我們在佛羅倫斯的日子，彷彿才過去幾個月呢。你記得史維屈小姐和她的皮靴吧？」

兩個老婦人為半世紀以前的趣事開懷大笑。

她們並肩走到一扇側門，甬道上有個枯瘦的老婦迎了上來。她鼻子很高，留一頭短髮，穿著結實合身的花呢衣裳。

她厲聲說道：「凱拉[4]，你這麼晚還待在外面，簡直是瘋了。你完全不會照顧自己，西羅可先生不知要說什麼咧！」

「別罵我，裘麗，」凱莉·勞思懇求道。她向瑪波小姐介紹貝勒佛小姐。「這是樣樣兼包的貝勒佛小姐，我的護士、監護人、衛兵、祕書、管家和忠實好友。」

裘麗·貝勒佛吸吸鼻子，鼻尖發紅，顯然很激動。她粗聲粗氣說：「我只是盡力而為。這是一戶不按牌理出牌的家庭，你簡直沒辦法建立固定的常規。」

「可愛的裘麗，當然沒辦法，我想不通你為什麼要嘗試。你將瑪波小姐安置在什麼地方？」

「在藍室。我帶她上去好嗎？」貝勒佛小姐問道。

「好的，裘麗，麻煩你。然後再帶她下來喝茶。我想今天是在圖書室吧。」

藍室掛有褪色的藍錦緞厚窗簾，瑪波小姐思忖道，那窗簾大約有五十年的歷史。家具是紅心木做的，又大又結實，床鋪也是紅心木的四柱大床。貝勒佛小姐打開相連的浴室門。沒想到設備倒很摩登，色調是蘭花紫，有奪目的鉻質配件。

她冷冷地說：「強尼．瑞斯塔立和凱拉結婚的時候，叫人在屋裡加設十間浴室。大概只有水管設備翻新，其他方面他都不肯修改，說什麼整座莊園是完美的『時代傑作』。你認不認識他？」

「不，我沒見過他。西羅可夫人和我經常通信，但是我們很少見面。」

貝勒佛小姐說：「他是個討人喜歡的傢伙。當然不算好人！百分之百的下流胚。但是屋裡有這麼一個人，氣氛倒很愉快。他相當迷人，女人都喜歡得不得了，最後他才走上可悲的下場。他和凱拉並不相配。」她又恢復唐突的作風。「女僕會替你打開行李。你要不要先洗把臉再去喝茶？」

對方報以肯定的答案，她說她在樓梯口等瑪波小姐。

瑪波小姐走進浴室，洗洗手，用一條華麗的蘭花色毛巾擦乾，心裡有點緊張。接著她脫下帽子，整理軟綿綿的白髮。

4 凱拉是凱莉．勞思的暱稱。

她打開房門，發現貝勒佛小姐在等她，兩個人走下陰森森的大樓梯，穿過幽暗的大廳，踏進一個房間，裡面的書架高達天花板兩側，大窗子面向一個人工湖泊。

凱莉．勞思站在窗口，瑪波小姐走到她身邊，說：「好一棟壯觀的建築啊，我簡直不知所措。」

「是的，我知道，壯觀得可笑，它是一個有錢的鐵器大師建造的，大概如此。事隔不久他就破產了。我覺得一點都不奇怪。這屋裡共有十四間客廳，全都大得驚人。我想不出什麼人需要兩個以上的客廳。還有那些大型臥室，總有一大片用不著的空間。我的臥室寬敞得叫人受不了，從床邊到梳妝檯，要走一大段路；還有厚重的深紅色大垂簾。」

「你沒有翻修改建？」

凱莉．勞思顯得有點詫異。

「沒有。它大體和當年我陪艾利克住在這裡的時候差不多。當然重新粉刷過，不過總是漆同一種顏色。這些事情並不重要，對吧？我是說，世界上有很多更重要的事情要做，我不該為這類的小事花太多錢。」

「屋裡沒什麼改變嗎？」

「噢，有，很多。我們保持屋子中央某一區塊的原貌，包括大廳和它附近及樓上的房間。這些是最好的部分，我的第二任丈夫強尼非常喜歡，認為不該亂改……當然啦，他是藝術家和設計家，這方面頗有見識。不過東廂和西廂完全改過了。所有的房間都隔成一區一區，當作辦公室和教職員宿舍等等。學生們都住在學院裡，從這邊可以看見。」

瑪波小姐眺望窗外，綠蔭中浮現一棟紅磚建築。接著她收回眼光，看到近處的兩個人影，她泛出笑容。

「紀娜真美。」她說。

凱莉．勞思滿面春風，柔聲說道：「對呀，很美是吧？她回來真好。大戰初期我送她去美國，交給露絲照顧。露絲有沒有談過她的事情？」

「沒有，只提到過名字。」

凱莉．勞思嘆了一口氣。

「可憐的露絲！她對紀娜的婚姻非常愧疚。但是我一再告訴她，我一點都不怪她。露絲不像我，她看不出舊藩籬和階級標籤都已消失……或逐漸消失。

「紀娜從事戰地工作，邂逅這個年輕人。他是海軍陸戰隊員，有優良的作戰紀錄。認識一週後，他們便結婚了。當然太快了一點，沒有時間查明兩個人是否真的合適。不過現代人的作風便是如此。年輕人屬於年輕的一代。我們也許認為他們很多做法不聰明，但是我們不得不接受他們的決定。露絲卻很傷心。」

「她認為那個小夥子不適合紀娜？」

「她一直說，沒有人知道他真正的底細。他是中西部的人，一文不名……自然也沒有專長的職業。這樣的青年有成千上百，但是不合乎露絲對紀娜的理想。不過，生米已成熟飯啦。紀娜接受我的邀請，帶她的丈夫來這裡，我很高興。這裡有很多事情可忙，有各種各樣的工作，如果瓦特想學醫或攻讀學位，他可以在英國求學。畢竟這是紀娜的老家。她這一回來，家裡添了這麼個熱情、愉快、活潑的可人兒，實在很令人開心。」

瑪波小姐點點頭，再次眺望窗外湖邊的兩個年輕人。

「他們是非常漂亮的一對，難怪紀娜會愛上他！」

「噢，不過……那不是瓦特。」西羅可夫人的語氣突然有點尷尬或拘泥。「那是史蒂夫，我第二任丈夫強尼．瑞斯塔立的次子。強尼……他出走的時候，孩子們放假沒有地方可去，所以我一直讓他們來這邊。他們把這兒當作自己的家。現在史蒂夫長年住在這裡，他管理我們的戲劇部門。你知道，我們有個劇場，經常演戲，我們鼓勵大家發揮各種藝術本能。路易斯說，很多少年犯罪是想引人注意，大多數少年的家庭生活都很悲慘，搶劫或偷盜的行為使他們自覺是英雄好漢。我們鼓勵他們自編劇本，參加演出，自己設計並繪製布景。劇場由史蒂夫負責。他很敏銳，很熱心。他使一切充滿生氣，真難得。」

「我明白了。」瑪波小姐慢慢地說。

她望遠的視力甚佳（聖瑪莉米德的鄰居都知道），清清楚楚看到史蒂夫．瑞斯塔立黝黑而俊俏的面孔，他站在紀娜對面，侃侃而談。她看不見紀娜的表情，因為紀娜背對著她們這邊，但是史蒂夫．瑞斯塔立的表情她絕對沒看錯。

瑪波小姐說：「我不該管閒事……不過凱莉．勞思，我想你看得出來，他愛上她了。」

凱莉．勞思顯得很擔心。

「噢，不……噢，不，但願沒有。」

「凱莉．勞思，你一向不問世事。他已愛上她，這點毫無疑問。」

／04

西羅可夫人還沒答腔，她丈夫已由門廳走過來，手上拿著幾封拆開的信件。

路易斯．西羅可身材矮小，長相平凡，卻有一種與眾不同的風貌。露絲曾說，他不像人類，倒像一具發電機。他往往全副精神都投入引他注意的事項，對於周圍的物體或人士完全不加理會。

他說：「親愛的，有個嚴重的打擊。傑克．福林特那個小夥子又在玩老把戲了。我真的以為，他這次若得到良機，會真心學好哩。他非常認真，你知道，我們覺得他對鐵路方面的事情很有頭腦……梅夫里醫生和我都認為，他若能在鐵路局找到工作，他會忠於職守，大有前途。沒想到他又走回老路子，偷包裹室的東西，那甚至不是他用得著或賣得出去的東西。可見一定是心理問題。我們還沒有深入問題的核心，不過我絕不放棄。」

「路易斯，這是我的老朋友珍．瑪波。」

「噢，你好，」西羅可先生心不在焉地說，「很榮幸……當然啦，他們會起訴。好男孩，腦筋不夠好，不過真是一個好男孩。他的出身太差了，我……」

他突然住口，發電機通到客人身上。

「哦，瑪波小姐，你能來我們家住一段日子，我真高興。有個老朋友和凱洛琳[5]談談往日的回憶，她的日子將截然不同。說來她在這邊過得並不愉快……這些可憐的孩子身世太悲慘了。希望你陪我們住久一點。」

瑪波小姐感受到他的磁力，知道他的風采在她朋友心目中一定十分動人。她立時斷定，這位路易斯．西羅可是個經常在人前說明問題的男子。這個習慣會激怒某些女人，凱莉．勞思卻從不生氣。

路易斯．西羅可整理出另外一封信。

「不過，也有好消息。這是維特夏和瑟默塞銀行寄來的。摩里斯這小夥子的工作成績好極了，他們對他很滿意，下個月要給他升職。我一向清楚，他需要的是責任感，加上徹底掌

5 凱洛琳是凱莉的完整稱呼。

握金錢的收支和意義。」

他轉向瑪波小姐。

「這些小夥子有半數不知道金錢的意義。他們覺得鈔票代表看電影、看賽狗或者買香菸。他們對數字很敏銳，覺得數字遊戲很刺激。噢，我相信必須……怎麼說好呢，讓他們親身體驗，訓練他們學會計、學數字，讓他們看看鈔票的內在魔力。教他們技巧，再給他們責任，讓他們實際處理金錢。我們最大的成功就在這方面，三十八個人，只有兩個失敗的例子。有一位是藥劑公司的資深出納員，這是個責任重大的差事……」他突然打住，對妻子說：「親愛的，下午茶準備好了。」

「我以為要在這邊用茶。我告訴裘麗了。」

「不，在大廳。其他人都在那邊。」

「我以為他們都要出去哩。」

凱莉．勞思和瑪波小姐手挽著手，一起走進大廳。下午茶和四周的環境顯得很不相稱。茶具亂堆在大托盤上，實用的杓杯和殘餘的羅金漢、史波德高貴茶具混雜在一起。另外還有一大條麵包、兩瓶果醬，和幾塊便宜又不好看的糕餅。

一個頭髮灰白的中年胖女人坐在茶几後面，西羅可夫人說：「珍，這是瑪翠。她小時候你見過她，後來就沒再見過面了。」

到目前為止，瑪波小姐見過的人就數瑪翠和這棟房屋最相稱。她顯得富貴又端莊。她三十幾歲才嫁給一名英國教會的牧師，如今已成寡婦。她一看就像個牧師的遺孀，高尚而有點遲鈍，有一張沒有表情的大臉和一對呆滯的眼睛。瑪波小姐記得，她小時候長得很醜。

「這是瓦特．胡德，紀娜的丈夫。」

瓦特是個大塊頭的小夥子，頭髮往上梳，表情陰鬱。他彆彆扭扭點個頭，繼續將餅乾塞進口裡。

接著紀娜和史蒂夫．瑞斯塔立走進屋內。他們都生氣勃勃。史蒂夫說：「紀娜對背景有絕佳的構想。紀娜，你知道，你有舞台設計的天才。」

紀娜大笑，顯得很開心。艾戈．羅生走進來，坐在路易斯．西羅可旁邊。紀娜和他講話，他假意不回答。

瑪波小姐覺得這一切有點教人不自在，用完茶點便樂得回房休息。

晚餐桌上更多人，有位年輕的梅夫里醫生是精神治療專家或心理學家——瑪波小姐弄不清兩者的區別——整場談話都用專家術語，她一句都聽不懂。還有兩個戴眼鏡的教員，一位職業治療師邦戈登先生，和三位本週擔任「家庭來賓」的粗魯青年。其中一位金髮碧眼，紀娜偷偷告訴她，此人是「揮棒打人」專家。

晚餐並不可口。烹調拙劣，上菜也隨便亂來。大家的裝束不統一。貝勒佛小姐穿一套高領黑衣；瑪翠．史屈特穿晚禮服，上罩羊毛背心；凱莉．勞思穿一套灰羊毛短裝；紀娜則一身農民旅遊裝，顯得燦爛奪目。瓦特沒換衣服，史蒂夫．瑞斯塔立也沒換，艾戈．羅生穿一套整齊的深藍色西裝。路易斯．西羅可穿著傳統的晚餐外套。他吃得很少，似乎根本沒注意盤裡是什麼東西。

飯後路易斯．西羅可和梅夫里醫生到後者的辦公室去了。治療師和老師們則前往自己的休息區。三名「個案」回學院。紀娜和史蒂夫到劇場去討論紀娜的舞台構想。瑪翠編織一件外型不定的衣裳，貝勒佛小姐補襪子。瓦特坐在椅子上，輕輕往後仰，凝視空中。凱莉．勞思和瑪波小姐談起當年的舊事。

談話內容似乎很不真實。只有艾戈．羅生好像不知道上哪兒才好。他坐下來，接著又魂不守舍站起身，大聲說：「我不知道該不該去見西羅可先生。他也許會找我。」

凱莉．勞思柔聲說：「噢，我想不會吧。他今天晚上要和梅夫里醫生討論一兩個問題。」

「那我不能去打擾！不需要我的地方，我不該去。今天胡德太太親自跑去車站，害我在那兒白白浪費了一天。」

凱莉．勞思說：「她應該事先告訴你。不過我想她是臨時決定的。」

「西羅可夫人，你知道，她害我像個傻瓜似的！百分之百的傻瓜！」

凱莉．勞思微笑說：「不，不，你千萬別這麼想。」

「我知道沒有人需要我……我完全知道。如果事情不是這樣，如果我擁有正常的地位，一切都會截然不同。真的截然不同。我得不到正常的地位，不能怪我。」

凱莉．勞思說：「喏，艾戈，別庸人自擾。你去接她，珍覺得很感激。紀娜向來有這種突發的衝動……她不是故意讓你難堪。」

「噢，她存心這麼做，存心羞辱我……」

「噢，艾戈……」

「西羅可夫人，你不知道事情的經過。算了，我不再多說了，晚安。」

艾戈走出門，砰的一聲把門關上。

貝勒佛小姐哼道：「真沒禮貌。」

「他太敏感了。」凱莉．勞思含糊地說。

瑪翠．史屈特將鉤針弄得喀嗒喀嗒響，厲聲說：「他真是可惡的年輕人。媽，你不該忍受這種態度。」

「路易斯說他身不由己。」

瑪翠嚴厲地說：「每個人都有能力克制粗魯的言行。當然也要怪紀娜，她一舉一動都那麼輕浮草率，只會惹麻煩。今天她鼓勵這個小夥子，明天又冷落他。這樣，你還能期望什麼好結果？」

整個晚上瓦特．胡德頭一次開了口。

「那個傢伙有神經病！關鍵就在這裡！神經病！」

§

晚上在臥房裡，瑪波小姐試圖分析石門莊園的情勢，不過一切還顯得很紊亂。這裡有順潮和逆潮……然而露絲．范里多是不是為此而不安，實在很難判斷。瑪波小姐覺得，凱莉．勞思似乎不受身邊事物的影響。史蒂夫愛上紀娜。紀娜也許愛史蒂夫，也許不盡然。瓦特．胡德顯然不太愉快。這些事情在任何地方都可能發生，隨時存在，不算特殊。怨偶以離婚收場，大家又滿懷希望重獲新生……再造出新的糾葛。瑪翠．史屈特顯然嫉妒外甥女紀娜，而且討厭她。瑪波小姐認為，這是自然現象。

她回想露絲．范里多告訴她的資料。當年凱莉．勞思沒有小孩，頗為失望，後來領養了琵琶，卻又發覺自己懷孕了。

瑪波小姐的醫生告訴她：「常有這種事情。驅除了緊張，自然現象便發生了。」

他還說，通常都是領養的孩子倒楣。

這一回卻相反。葛布蘭森和凱莉．勞思都深愛小琵琶。她在父母心中已鞏固了地位，不可能輕易被冷落一旁。葛布蘭森早就當過父親，生兒育女在他並不稀奇；而凱莉．勞思的母性飢渴已由琵琶那裡獲得寬慰。她懷孕期間很不舒服，又遭到難產，拖了很長時間。凱莉．勞思一向不喜歡冷酷的現實，對於生產大概不怎麼喜歡。

兩個小女孩日漸成長，一個漂亮有趣，一個醜陋呆滯。瑪波小姐認為，這一點也相當自然。一般人領養女兒的時候，會挑漂亮的女孩子。瑪翠若生得像母系的馬丁家人，她可就幸運了，馬丁家曾出過俏麗的露絲和嬌美的凱莉．勞思；不幸她偏偏長得像父系的葛布蘭森家族，他們塊頭大，神情魯鈍，而且相貌平庸。

再說，凱莉．勞思決心不讓養女感受到處境的悲涼，為了做到這一點，她十分溺愛琵琶，有時候對瑪翠反而有失公道。

琵琶嫁人，遠居義大利，有一段時間瑪翠成為家中唯一的女兒。但是琵琶去世，凱莉．勞思將琵琶的小娃娃帶回石門莊園，瑪翠又失寵了。母親再度結婚，家裡又多了瑞斯塔立家的兩個男孩子。一九三四年瑪翠嫁給史屈特牧師，一個比她年長十歲或十五歲的考古學家，移居英國南部。她大概過得很幸福……不過沒人真正知情。他們沒有孩子。現在她又回到出生和成長的家園。瑪波小姐暗想，她在這裡依然不快樂。

紀娜、史蒂夫、瓦特、瑪翠、喜歡立規卻無法厲行的貝勒佛小姐、滿足而快樂的路易斯．西羅可……一個能將理想化為實際行動的理想家。由這些人身上，瑪波小姐看不出露絲要她尋找的問題根源。凱莉．勞思似乎很安全，遠離渦流的核心……她一生都是如此。那麼，露絲到底覺得氣氛哪一點不對勁？她珍．瑪波是不是也有同感呢？

至於漩渦外圍的人物……治療師，教員，認真而沒心眼的年輕人，自信的梅夫里醫生，三個面色粉紅、眼神純真的少年犯、艾戈．羅生……

瑪波小姐落入夢鄉以前，思緒停在這兒，繞著艾戈．羅生這個人打轉。艾戈．羅生讓她想起某個人或某件事。艾戈．羅生有一點不對勁……也許相當嚴重。艾戈．羅生精神失調……是不是該這麼說？不過這件事不可能影響凱莉．勞思吧？

瑪波小姐暗自搖搖頭。

她擔心更重大的問題。

／05

第二天早晨，瑪波小姐悄悄避開女主人，走到花園裡。花園的景象叫人傷心。當年精心培養的傑作……石南叢、柔軟的草地斜坡、密密的草本植物圍欄、剪過的黃楊樹籬圍著一座正式的玫瑰花園，如今已經都荒廢了。草地修剪得參差不齊，圍欄滿是雜草，花兒在雜草間奮鬥生存，小徑罩滿青苔，沒人理會。另一面紅磚圍牆裡的菜園，倒是長得茂密而豐盛。也許因為有實用價值吧。於是以前的一大半草地和花園，現在都圍上了籬笆，改成網球場和滾球綠地。

瑪波小姐看看草本植物圍欄，惱恨地咂咂舌頭，拔起一株茂密的櫜吾類雜草。

她手持雜草站在那兒，艾戈．羅生走入視線中。他看到瑪波小姐，止步猶豫了一會兒。

瑪波小姐不想讓他開溜。她朗聲叫喚。他走過來，瑪波小姐問他知不知道花園用具放在什麼地方。

艾戈含糊地說，附近有個花匠，他知道用具擺在哪裡。

瑪波小姐吱吱喳喳地說：「看到這些花木圍欄沒人理會，真是可惜。我好喜歡園景藝術。」她無意叫艾戈去找工具，連忙說：「一無是處的老太婆只能找這種差事做做。羅生先生，我想你從來不為花園白費腦筋。你有很多重要的事情可做。身居要職，擔任西羅可先生的幫手，你一定覺得很有趣。」

他近乎焦急地回答說：「是，是……很有趣。」

「你對西羅可先生一定有很大的幫助。」

他臉色一沉。

「我不知道，我不敢確定，是背後的……」

他突然打住。瑪波小姐體貼地望著他。一個可悲的矮個子青年，穿著一套整潔的深色西裝。很少人會看他第二眼，就算看了也不記得……

附近有一張花園座椅，瑪波小姐走過去坐下。艾戈站在她前面皺眉頭。

瑪波小姐伶俐地說：「我相信西羅可先生一定很器重你。」

艾戈說：「我不知道，我真的不知道。」他皺皺眉頭，呆呆在她身邊坐下來。「我的處境很艱難。」

「真的？」瑪波小姐說。

小夥子艾戈失神地望著前方。

「這是最高機密。」他突然說。

「當然。」瑪波小姐說。

「恕我冒昧……」

「嗯？」

「我還是告訴你……我想你不會洩漏出去吧？」

「噢，不會……」

她發現對方並未等她否決就接下去說：「家父……其實，家父是一個很重要的人。」

這一回不用答腔，她只要聆聽就行了。

「只有西羅可先生一個人知道。你明白，事情若傳出去，會損害家父的地位。」他轉向她，嘴角泛出笑容，一抹悲哀而尊貴的笑容。「你知道，我是邱吉爾的兒子。」

瑪波小姐說：「噢，我明白了。」

她真的明白了。她想起聖瑪莉米德的一段悲慘故事，以及它日後的結局。

艾戈．羅生滔滔不絕說下去，他的話很像是舞台表演。

「有幾個原因。家母不自由，她丈夫在精神病院裡……不能離婚，婚嫁是不可能的。我真的不怪他們。至少，我自覺不……他始終盡力而為，當然很謹慎。問題就出在這裡。他有仇人，他們也想對付我。他們想盡辦法不讓我們團圓。他們監視我，不管我到哪兒，他們都在查探我。他們害我樣樣不對勁。」

瑪波小姐搖搖頭。

「可憐的孩子，可憐的孩子，」她說。

「我在倫敦學醫，他們妨礙我考試……他們改變答案，他們要我不及格。他們在街上跟蹤我。他們對房東太太說我的壞話。不管我到哪兒，他們都窮追不捨。」

「噢，不過這你不能確定吧。」瑪波小姐安慰道。

「跟你說，我知道！噢，他們很狡猾。我沒看過他們，也查不出他們是誰。不過我會查出來的……西羅可先生帶我離開倫敦，來到這兒。他真好……真好。不過你知道，我在這邊也不安全。他們也來了，要和我搗鬼，害別人討厭我。西羅可先生說沒有這回事。但是西羅可先生什麼都不知道。否則，我懷疑……有時候我想……」

他突然打住，由椅子上站起來說：「這是機密，你了解吧？不過如果你發現有人跟蹤我……我是說追查我，你得告訴我那是誰！」

他走開了，看來整潔、可悲、微不足道。瑪波小姐目送他，心裡覺得奇怪……

一個聲音傳來。

「瘋子，不折不扣的瘋子。」

瓦特．胡德站在她身邊，兩手插在口袋裡，眼睛目送艾戈的背影，皺皺眉頭。

「這到底是什麼樣的鬼地方？他們都是瘋子，全部都是。」

瑪波小姐不答腔，瓦特繼續說下去。

「艾戈那傢伙……你對他觀感如何？他說他父親是蒙哥馬利勳爵哩。我看不可能！不是蒙哥馬利！從我聽來的資料，不可能。」

瑪波小姐說：「是，看來不可能。」

「他對紀娜又是一套說法，說他其實是俄國王位的繼承人，說他是某位大公爵的兒子。他媽的，這小子難道不知道他父親是誰嗎？」

瑪波小姐說：「我猜他是不知道。問題大概就在這裡。」

瓦特在她身邊坐下來，身體懶洋洋地落在椅子上。他重複剛才的說法。

「這邊的人全是瘋子。」

「你不喜歡住在石門莊園？」

年輕人皺皺眉頭。

「我只是搞不懂這地方，如此而已！我搞不懂。就拿這個地方、這棟房子、這整個構造來說吧，他們是富豪，他們不需要錢……他們已經有了。可是看看他們生活的方式。碎裂的古董瓷器和便宜的粗貨混在一起；沒有得體的管家，只有臨時雇來的幫手；掛氈、幃幔和椅罩都是上好的絲綢錦緞，卻都弄得破破爛爛！銀質大茶罐沒有洗刷，全都發黃生鏽了。西羅可夫人根本不在乎這一切。看看她昨天晚上穿的衣服。腋下有補丁，都快磨破了……她大可到商店購買，要什麼有什麼，到倫敦龐德街那種第一流地段或是哪裡。錢呢？他們在錢堆裡打滾哪。」

他停了一會，細細思量。

「我懂得貧窮的滋味，但這沒什麼大不了。只要你年輕力壯，肯苦幹就行了。我一直沒什麼錢，但是我打算朝自己的目標努力。我要開一間修車廠。我已經存了一筆錢。我和紀娜談這件事，她挺專心聽我講，似乎很了解。我對她認識不深。這些女孩都像穿制服似的，看起來差不多。我意思是說，看她們的外表瞧不出誰有錢誰沒錢。我認為她的教育程度和家境略勝我一籌。這倒沒什麼關係。我們一見鍾情，就結婚了。我存了一點錢，紀娜說她也存了一點。我們要回家開一個加油站……紀娜滿心情願。我們只是兩個熱戀的孩子，為彼此而癡狂，但後來紀娜勢利的姨婆開始挑毛病……接著又是紀娜要回英國探望她的外祖母。好吧，這似乎很正當嘛。這是她的家鄉，我也有心看看英國，我聽過不少形容。於是我們來了，只是探親……我以為如此。」

皺眉轉為繃臉。

「結果卻不是那麼回事。我們栽入一堆瘋狂的怪事。我們何不留下來在這裡安家落戶──這是他們的說法──有很多差事可以給我做。差事！我可不想餵小強盜吃糖，幫他們玩小孩子的把戲。這有什麼意義呢？這個地方可以弄得高級又漂亮，是真的高級……有錢人難道都不懂自己有多麼幸運？不明白大多數人是不可能擁有這麼高級的地方，他們卻可以？有了好運，卻將運氣一腳踢開，不是瘋了嗎？我若有工作，吃苦我不在乎；但是我要照自己喜歡的方式，做自己喜歡的事情，我要努力追求成就。這個地方使我自覺陷在蜘蛛網上。而紀娜……我不了解紀娜。她和我在美國所娶的那個女孩判若兩人。我不能……他媽的，現在我甚至無法和她交談。噢，混蛋！」

瑪波小姐柔聲說：「我明白你的想法。」

瓦特迅速瞥了她一眼。

「到目前為止，你是我唯一傾談的對象。我經常緊閉著嘴巴。不知道你身上有什麼特質……你是英國人，道道地地的英國人，但是你讓我想起家鄉的貝絲姑姑。」

「那真是太好了。」

瓦特沉吟道：「她頗有見識。外表看去，好像弱不禁風，其實她很堅強。是的，可以說她很堅強。」

他站起來，歉然地說：「和你說這些，真對不起。」瑪波小姐第一次看到他微笑，笑得很動人，瓦特．胡德突然由一個彆彆扭扭的陰鬱青年化為英俊迷人的小夥子。「我猜我是要找個人發洩心中的鬱悶，不幸卻找上了你。」

瑪波小姐說：「別這麼說，小夥子。我有一個外甥……只是，當然啦，年紀比你要大得多了。」

她霎時想起世故前衛的作家外甥雷蒙．衛司。此人和瓦特．胡德天差地別，簡直想像不出有兩個差別更大的男人。

瓦特．胡德說：「有別的伴來陪你了，那位貴婦人不喜歡我。所以我告辭啦。再見，女士。謝謝你和我談話。」

他大步走開，瑪波小姐看到瑪翠．史屈特由草地的那一端走過來。

§

史屈特夫人坐了下來，氣喘吁吁地說：「我看到那個可怕的年輕人在糾纏著你。真是大悲劇啊。」

「悲劇？」

「我是指紀娜的婚姻。都是送她去美國的結果。當時我告訴母親，這樣做不妥當，畢竟這裡是一個和寧的地區，幾乎沒有什麼侵擾。我真討厭很多人為家屬無謂驚恐，也常常為自己擔心害怕。」

瑪波小姐體貼地說：「當時一定很難決定該怎麼做。我是說，關於孩子的問題。眼看外敵入侵，除了炸彈的威脅，他們還可能在德軍統治下成長。」

史屈特夫人說：「全是胡說。我始終堅信我們會打贏。不過一提到紀娜，母親總是不太講理。這個小孩一向被人寵壞了。起先就沒有必要從義大利接她來撫養。」

「聽說她父親沒反對？」

「噢，聖西凡尼諾！你知道義大利人的作風，他們除了鈔票，什麼都不在乎。當然，他是貪財才娶琵琶的。」

「老天，我一向聽說他深情款款，她死的時候他非常傷心。」

「他只是故作傷心狀，這是一定的。母親為什麼默許她嫁給外國人，我不懂。我猜是美國人喜歡爵位的思想在作祟。」

瑪波小姐謹慎地說：「我一向認為，凱莉·勞思的人生態度超塵絕俗。」

「噢，我知道。可是我對這一套沒耐心……母親的狂熱、怪念頭和理想主義的計畫。珍姨，你不知道這其中的一切含義。當然啦，我可以全盤理解，我就是在這中間長大的。」

瑪波小姐聽對方叫她「珍姨」，略感吃驚。不過當時的習慣便是如此。她寄禮物給凱莉·勞思的小孩，總是附上「珍姨賀」的標籤，她們若想起她，自然以「珍姨」相稱。瑪波小姐暗想，她們大概不常想起她。

她體貼地望望身邊的中年婦女，看著她縮緊的嘴巴、鼻子下面深深的皺紋，以及交疊的雙手。

她低聲說：「想必你……童年並不好受。」

瑪翠·史屈特以熱切而感激的眼神看看她。

「噢，真慶幸有人能體會這一點。大家並不了解小孩子的感受。你知道，琵琶長得漂亮，又比我年長，向來引人注目。父親和母親都鼓勵她出鋒頭……她其實也用不著人家鼓勵。而我總是文文靜靜，我害羞……琵琶簡直不知道害羞是什麼。珍姨，小孩子也會感受很大的痛苦。」

「我知道。」瑪波小姐說。

「琵琶常說『瑪翠好笨喔』。但是我的年紀比她小，當然不能指望我學東西趕上她的進度。樣樣和姐妹相比，對小孩子未免太不公平。

「大家老是對媽媽說『好可愛的小女孩』。他們從來不注意我。爸爸也常和琵琶說笑，陪她玩。應該有人看出我多麼難受。所有的注意力都集中在她身上。我太小，還不知道品格比容貌重要。」她嘴唇發顫，然後又恢復硬挺。「不公平，真不公平……我是他們親生的孩子，琵琶是領養的，我才是這一家的女兒。她……根本誰都不是。」

「他們大概為這個原因而特別驕縱她。」瑪波小姐說。

瑪翠．史屈特說：「他們都好喜歡她。」又說：「她是一個被親生父母遺棄的小孩……說不定是私生子呢。」她繼續往下說：「影響在紀娜的身上顯現出來了。她有壞血統，血統是騙不了人的。路易斯儘管提出他的環境影響論，但是血統真的騙不了人，你看看紀娜就知道了。」

「紀娜是非常可愛的女孩子。」瑪波小姐說。

史屈特夫人說：「她的言行舉止太糟糕了。除了我母親，人人都看出她勾搭史蒂夫．瑞斯塔立。我認為很噁心。雖然她嫁了不相配的人，但婚姻就是婚姻，應該遵守約束。畢竟，是她自己要嫁給那個可怕的年輕人。」

「他那麼可怕嗎？」

「噢，珍姨！我覺得他像土匪似的。脾氣大，又粗魯無禮。難得開口說話。看上去總是髒兮兮、粗粗野野的。」

「我想他很不快樂。」瑪波小姐謹慎地說。

「我真不懂他為什麼不快樂……我是說，除開紀娜的行為不說，這裡樣樣都替他安排好了。路易斯曾經建議他負責幾種工作，但是他寧願偷懶，什麼都不幹。」她忽然破口大罵，

「噢，這整個地方都叫人受不了，真受不了！路易斯腦子裡只有這些可怕的少年犯，而母親腦子裡只有他，路易斯做什麼都是對的。看看這花園的樣子，到處是雜草、爬藤；還有房屋，沒有一樣好好整頓過。噢，我知道現在傭人很難找，不過還是找得到呀。看樣子這裡也不缺錢，只是沒人用心。如果是我的房子……」她停下來。

瑪波小姐說：「我們恐怕都得面對形勢改變的現實。這些大建築物是一個很大的問題。你回來，發現樣樣改觀，一定有點難過。你真的寧可住在這兒……嗯，而不願意自己找個地方住？」

瑪翠．史屈特滿面通紅地說：「這畢竟是我的家，是我父親留下的房子，這一點無論如何都不可能改變。我若想住這兒，就有權住下來。我寧願回來。只是，但願母親別那麼叫人受不了！她甚至不肯買幾件體面的衣裳。裘麗很苦惱。」

「我想問你貝勒佛小姐的事情。」

「有她在真好。她敬愛母親，追隨她好多年了。她是母親嫁給強尼．瑞斯塔立的時候來的。在那件可悲的事發生時，我相信她表現好極了。你大概聽說過，他和一個可怕的南斯拉夫女人私奔……一個浪蕩的壞女人。我相信她的情郎一定多得數不清。母親的態度很大方、很自重，盡快和他離了婚，甚至叫瑞斯塔立家的兩個小孩假期回來住……其實沒必要，可以另做安排嘛。當然啦，要他們到他爸爸和那個爛女人家，也實在不可思議。總之，母親要他們來這裡……貝勒佛小姐獨自支撐一切，屹立不搖。有時候我覺得她這麼勤於料理一切，只會害母親更糊塗。我真不知道母親若少了她要怎麼辦才好。」

她停了一會，然後以驚奇的口吻說：「路易斯來了。好怪，他很少到花園來。」

西羅可先生以他慣有的赤誠態度，向她們走過來。他好像沒看到瑪翠似的，因為此刻他心裡只想到瑪波小姐。他說：「真抱歉。我原想帶你參觀我們的機構，看看各方面的情形。凱洛琳要我這麼做，不巧我得出門到利物浦。是那個小夥子和鐵路包裹室的案件。不過梅夫里醫生會帶你參觀，他再過幾分鐘就來了。我要到後天才回來。我們若能叫他們不起訴，那就太好了。」

瑪翠．史屈特站起來走開。路易斯．西羅可完全沒注意到她，只是一雙懇切的眼睛隔著厚厚的鏡片盯著瑪波小姐。

「你知道，地方官員大抵都持錯誤的看法，有時候太嚴厲，有時候太寬宏。這些少年犯若被判刑幾個月，根本發生不了嚇阻的作用，他們甚至會從中得到快感，可向女朋友吹噓。而嚴厲的判決往往能讓他們清醒，讓他們知道鬼把戲不值得一耍，別下獄才算聰明。感化教育，像我們這邊的組織化訓練……」

瑪波小姐打斷他。

「西羅可先生，你對羅生先生是不是完全放心……他是否正常？」

路易斯．西羅可臉上現出不安的表情。

「我希望他不要故態復萌。他說了什麼？」

「他說他是邱吉爾的兒子。」

「當然，當然，還是老話。你大概猜得出來，他是私生子，而且出身微賤。他是倫敦一個協會推薦給我的病例。他曾在街上攻擊行人，說那個人在窺探他。全是典型的症狀，梅夫里醫生會告訴你。我查過他的病歷表，他母親是普里茅斯的窮人，但家世清白正當。父親是水手……她甚至不知道他的姓名。孩子在艱困中成長，先是亂編父親的故事，然後幻想自己的一切，穿戴他不該穿的制服和飾物……全是典型的病徵。不過梅夫里醫生認為診斷的結果頗有希望，只要我們給他自信。我讓他有責任感，使他明瞭什麼出身不重要，他的才能品格才重要。我設法讓他對自己的才能有自信，我對他很樂觀。現在你卻說……」

他搖搖頭。

「西羅可先生，他沒有危險性吧？」

「危險性？我想他沒有自殺的傾向。」

「我不是說自殺。他和我談到仇敵、談到迫害。請恕我冒昧，這不就是……危險的徵兆嗎？」

「我想沒這麼嚴重吧，不過我會和梅夫里醫生談談。到目前為止，他還有希望，頗有希望。」他看看手錶。「我要走了。啊，裘麗來啦。她會照應你。」

貝勒佛小姐精神勃勃來到，她說：「西羅可先生，車子在門外。梅夫里醫生由學院打電話過來，我說我會帶瑪波小姐過去，他在大門口等我們。」

「謝謝你。我得走了。我的公事包呢？」

「放在車內，西羅可先生。」

路易斯．西羅可匆匆告退。貝勒佛小姐目送他說：「這個人遲早要暴斃路中。不放鬆、不休息根本違反人性，他一天只睡四個鐘頭。」

「他對他的目標很執著。」瑪波小姐說。

貝勒佛小姐苦澀地說：「他從來不考慮別的事情，從來不照顧她太太或為她著想。瑪波小姐，你知道她是一個可人兒，應該受人憐愛和重視。但是這裡的人什麼都不管，只知道關心一群哭哭啼啼的男孩子，或不願吃苦而想走歪路的年輕人。正經家庭的正經少年呢？為什麼不替他們想一想辦法？誠實在西羅可先生、梅夫里醫生以及這裡那些半弔子的感傷主義者眼中，硬是沒什麼趣味。瑪波小姐，我和兄弟們小時候都很苦，但人家並不鼓勵我們哭哭啼啼。軟弱，今天世界就是這個樣子！」

她們走過花園，行經一座柵欄門，來到艾利克．葛布蘭森建立的學院大門，那是一棟結實而陰森的紅磚建築物。

梅夫里醫生出來迎接她們，瑪波小姐斷定他自己就有點不正常。

他說：「謝謝你，貝勒佛小姐。嗯，瑪……呃，噢，對，瑪波小姐……我相信你對我們這邊的做法，我們解決這個大問題的絕妙心得一定會感興趣。西羅可先生是一個有大見識、大眼光的人。我們還得到約翰・史迪威爵士的支持，他是我的老上司。他在內政部做事，後來退休了，他的影響力促成了這件工作。這是醫學問題，我們得讓法律權威明白這一點。精神病學是在戰時產生，它確實有它的好處……現在我先帶你看看我們對這個問題的初步心得。抬頭看看……」

瑪波小姐抬頭看看大拱門上刻的幾個字：

凡是來此地的人都恢復希望吧

「這不是很壯觀嗎？不正是最恰當的語示嗎？你不必罵這些少年，或者懲罰他們，他們大半生都在等待責罰；我們要讓他們覺得自己是優秀的人。」

「譬如艾戈・羅生？」瑪波小姐說。

「他是有趣的個案。你和他談過話沒有？」

瑪波小姐說：「他來找我談。」她又歉然地說：「我懷疑，他是不是有一點點發瘋？」

梅夫里醫生朗聲大笑。

「老太太，我們都是瘋的，」他一面請她進門，一面說，「這是生存的奧祕，我們都有點瘋狂。」

／06

大體說來，今天是相當疲倦的一天。瑪波小姐暗想，熱誠本身便能極度煩人。她依稀對自己和自己的反應覺得不滿。這裡有個模式……說不定有好幾個模式，可是她看不清楚。她所感受的紛擾都以艾戈．羅生可悲而不顯著的個性為中心。但願她能夠在記憶中找到恰當的類比。

艾戈．羅生有點不對勁，但她無法正確指出來……總之，是公認事實以外的某個問題。不過瑪波小姐看不出這個問題對好友凱莉．勞思有什麼影響。在石門莊園亂糟糟的生活模式中，大家的煩惱和願望互相干擾。但是就她看來，沒有一件事侵擾到凱莉．勞思。

凱莉．勞思……瑪波小姐突然想到，除了遠別的露絲，只有她用這個名字稱呼她。她丈夫叫她凱洛琳，貝勒佛小姐叫她凱拉，史蒂夫．瑞斯塔立通常叫她聖母，外孫婿瓦特正式叫她西羅可夫人，紀娜則叫她外婆。

凱洛琳・勞思・西羅可的各種稱呼也許有某種意義吧？她在大家眼中是否只是一個象徵而非真人實體？

第二天早上，當凱莉・勞思慢吞吞走來，陪好友坐在花園座椅上問她在想什麼時，瑪波小姐立刻答道：「想你，凱莉・勞思。」

「我怎麼啦？」

「坦白說……這裡有沒有讓你操心的事情？」

「讓我操心？」對方抬起澄藍的雙眼。「珍，我為什麼要操心呢？」

瑪波小姐眨眨眼睛。

「噢，我們大都有煩惱。我就有，像分辨偽幣啦，你知道，還有衣服很難補得妥妥貼貼啦，買不到李子酒所用的糖料啦。噢，好多小事情。但你根本沒煩惱，這似乎不合情理嘛。」

西羅可夫人含糊地說：「我猜我也有。路易斯工作太辛勞，史蒂夫常為劇場忘了三餐，紀娜太活躍……但是我改變不了別人，我看不可能。所以操心也沒用，對吧？」

「瑪翠也不快樂吧？」

凱莉・勞思說：「噢，是啊，瑪翠一向就不快樂，小時候便如此。她不像琵琶那般容光煥發。」

瑪波小姐提示說：「瑪翠不快樂，也許有原因吧？」

凱莉．勞思平淡地說：「因為嫉妒？是的，大概吧。不過人產生情緒並不需要理由，他們生來如此。珍，你不覺得嗎？」

瑪波小姐想起蒙克里夫小姐，她母親行動不便，為人蠻不講理。可憐的蒙克里夫小姐渴望旅行，見見世面。後來蒙克里夫老太太去世了，埋進教堂墓場，蒙克里夫小姐有一份收入，終於得到自由，聖瑪莉米德的人深深為她慶幸。接著蒙克里夫小姐便出門旅行，走到海瑞斯時，她順道去拜訪一位「母親的老友」，這下竟為那憂鬱老人的慘境而心軟動容，遂取消預訂的車票食宿，住進那間洋房，被人支來使去，做牛做馬；就這樣一親廣闊山水的渴望再度上演。

瑪波小姐說：「凱莉．勞思，我想你的看法很正確。」

「當然啦，我之所以無憂無慮也歸功於裘麗分勞，親愛的裘麗。她是在強尼和我新婚的時候來的。她把我當作無依靠的小娃娃來照顧，肯為我做任何事情，有時候我覺得好慚愧。珍，我真的相信裘麗肯為我殺人哩。說這種話，是不是有點可怕？」

「她確實很忠心。」瑪波小姐說。

西羅可夫人發出銀鈴般的笑聲。

「她很憤慨。她要我訂購高貴的衣服，擁有豪華的享受，她認為每個人都應該將我擺在第一位，好好伺候我。她不為路易斯的熱誠所動。在她看來，這些可憐的少年都是嬌寵的小壞蛋，不值得為他們花費心血。她認為此地潮溼，對我的風溼痛很不利，我該到埃及或一個又乾又暖的地方。」

「你的風溼痛很嚴重嗎？」

「最近惡化得很厲害，我覺得寸步難行，小腿嚴重抽筋。噢，算了，」她又泛出迷人的淘氣笑容，「歲數大了，到底不一樣。」

貝勒佛小姐跨出落地窗，向她們奔來。

「凱拉，電話剛傳來一份電報。『今天到，柯遜．葛布蘭森。』」

凱莉．勞思顯得很詫異。

「柯遜？我不知道他來英國。」

「讓他住橡樹套房吧，我想？」

「是的，裘麗，麻煩你。那就不必爬樓梯了。」

貝勒佛小姐點點頭，回到屋內。

凱莉．勞思說：「柯遜．葛布蘭森是我前夫艾利克的長子。其實他比我大兩歲。他是葛布蘭森機構的理事，理事長。路易斯出門，真不巧。柯遜最多只住一夜，他是大忙人。他們一定有很多事情要討論。」

那天下午柯遜．葛布蘭森來到，正好趕上下午茶時間。他是一個大塊頭，外形粗獷，說話慢吞吞，有條有理。他問候凱莉．勞思，顯得十分熱情。

「我們的小凱莉．勞思近況如何？你還是老樣子，一點都不顯老。」

他雙手搭在繼母肩上，微笑俯視她。有人拉拉他的衣袖。

「柯遜！」

「啊，」他回頭。「是瑪翠？瑪翠，你好吧？」

「最近不太好。」

「糟糕，糟糕。」

柯遜．葛布蘭森和他的異母妹妹瑪翠長得很像。他們相差二十九歲，看上去活像一對父女。瑪翠似乎為他來訪而興奮。她滿面通紅，談興大發，那天一再談起「我哥哥」、「我哥哥柯遜」、「我哥哥葛布蘭森先生」。

葛布蘭森轉向外甥女說：「小紀娜呢？你和你丈夫在這裡？」

「嗯。我們定居下來了，對吧，瓦特？」

「是吧。」瓦特說。

葛布蘭森以精明的小眼睛迅速打量瓦特。瓦特照樣繃著臉，不太友善。

「我又和全家團圓了。」葛布蘭森說。

他的語氣顯得和藹可親，瑪波小姐暗想，但其實他並不和藹。他的唇部有一股凶巴巴的氣味，舉止也顯得另有心事。

主人為瑪波小姐引見，他上下打量她一眼，彷彿在估量這位新客。

「我們不知道你來英國。」西羅可夫人說。

「是啊，我是臨時趕來的。」

「路易斯出門，真不巧。你能住多久？」

「我打算明天走。路易斯什麼時候回來？」

「明天下午或黃昏。」

「那我只得多住一夜了。」

「你若事先通知我們……」

「凱莉．勞思，我的安排是突然決定的。」

「你要等著見路易斯？」

「是的，我有必要見見路易斯。」

貝勒佛小姐對瑪波小姐說：「葛布蘭森和西羅可先生都是葛布蘭森信託基金會的理事，此外還有克羅米主教和基爾福先生。」

那麼，柯遜．葛布蘭森到石門莊園大概是為葛布蘭森基金會而來。貝勒佛和其他人都如此認定。但是瑪波小姐感到懷疑。

這位老人若有疑惑地看了看凱莉．勞思，她自己沒察覺，但她那位旁觀的老友卻大惑不解。他的目光由凱莉．勞思身上轉向其他人，暗自一一評估，神情顯得很奇怪。

用完茶點，瑪波小姐識相地躲入圖書室，沒想到她才坐下來織毛衣，柯遜．葛布蘭森就走進來，坐在她旁邊。

「我想你是凱莉．勞思的老友吧？」他說。

「我們在義大利同學過，葛布蘭森先生，好多好多年以前。」

「啊，是的。你喜歡她吧？」

「嗯，很喜歡。」瑪波小姐誠摯地說。

「我想每個人都喜歡她。是的，我真的這麼想。這也難怪，她是一個很可愛、很有魅力的女子。家父娶了她以後，我和弟弟們都喜歡她，她就像我們的好妹妹。她對家父感情忠貞，也支持他的一切理想；她從來不考慮自己，老是先想到別人的福利。」

「她一向是理想主義者。」瑪波小姐說。

「理想主義者？對，對，正是如此。所以，她大概不了解世間的險惡。」

瑪波小姐看看他，嚇了一跳。他面色十分嚴謹。

「告訴我，她的心臟功能如何？」

瑪波小姐又大吃一驚。

「我覺得她身體好像不錯嘛，除了有點關節炎或者風溼症。」

「風溼？是的。她的心臟呢？她的心臟好不好？」

瑪波小姐更吃驚了。

「就我所知還不錯。不過我已多年沒見到她，昨天才見面。你若想知道她心臟好不好，該問住在這裡的人，例如貝勒佛小姐。」

「貝勒佛小姐……貝勒佛小姐……是的，貝勒佛小姐。或者問瑪翠？」

「噢，你說得沒錯，問瑪翠。」

瑪波小姐有點尷尬。

柯遜．葛布蘭森用力盯著她。

「她們母女之間沒有多大的共鳴吧？」

「我想沒有。」

「我同意。真遺憾……她只有這麼一個孩子，不過事已至此，也沒辦法。你認為貝勒佛小姐對她真的有感情？」

「情感很深。」

「凱莉．勞思信賴這位貝勒佛小姐？」

「我想是吧。」

柯遜．葛布蘭森皺皺眉頭。他彷彿自言自語，不像在對瑪波小姐說話。

「還有小紀娜，不過她年紀太輕了，很難……」他突然打住，只說：「有時候真不知道怎麼辦最妥當。我希望採取最好的辦法。我衷心希望凱莉．勞思別受到傷害，可以過得很幸福。但這不容易，根本很難辦到。」

這時候史屈特夫人走進屋裡。

「噢，柯遜，原來你在這兒。我們都不知道你上哪兒去了。梅夫里醫生問你要不要和他談點什麼。」

「就是此地新來的醫生？不，不，我等路易斯回來再說。」

「他在路易斯的小辦公室等你。要不要我告訴他……」

「我自己和他說吧。」

葛布蘭森匆匆跑出去。瑪翠．史屈特目送他，然後盯著瑪波小姐。

「我懷疑出了什麼問題。柯遜和平常不一樣……他有沒有說什麼……」

「他只問我令堂的健康情形。」

「她的健康？他為什麼問這個？」

瑪翠嗓門尖尖的，一張大方臉泛出不相稱的紅暈。

「母親的身體好極了。以她的年齡來說實在叫人吃驚。就這點來看，她比我好多了。」

她停了一會才說：「我想你這麼告訴他了？」

瑪波小姐說：「這個問題我一無所知。他問起她的心臟。」

「她的心臟？」

「是的。」

「母親的心臟沒毛病，一點都沒有！」

「孩子，聽你這麼說，我真高興。」

「柯遜怎麼會有這些怪念頭？」

「我不知道。」瑪波小姐說。

07

第二天，表面上平靜無事，瑪波小姐卻覺得隱隱有內部衝突的徵兆。早上柯遜·葛布蘭森和梅夫里醫生巡視學院，討論學院政策的成效。午飯後紀娜帶他去兜風，接著瑪波小姐發現他要貝勒佛小姐帶他看看花園的情形。她覺得，他是想和女管家密談。不過，柯遜·葛布蘭森意外來訪若只談公務，又何必找貝勒佛小姐呢？她只負責家務事呀。

不過，瑪波小姐認為這一切只是她的幻想。那天唯一叫人不安的事情發生在四點左右。下午茶之前她收拾編織的衣物，到花園溜達一會。在一處蜿蜒的石南叢邊她遇到艾戈·羅生，他昂首闊步，喃喃自語，差點撞到她。

他連忙說：「請你原諒。」

但是，他那怪異的眼神把瑪波小姐嚇慌了。

「你不舒服嗎，羅生先生？」

「噢？我怎麼可能舒服呢？我遭到打擊，可怕的打擊。」

「什麼樣的打擊？」

年輕人迅速看了她一眼，又不安地瞥視兩側。他的態度使瑪波小姐非常緊張。

他疑惑地看看她。

「要我告訴你嗎？我不知道，我不清楚……有人在探查我。」

瑪波小姐決定一試。她穩穩握住他的手臂。

「我們若沿這條路走過去，嗯，附近沒有喬木或矮樹，不會有人偷聽。」

「不……不會，你說得對。」他做個深呼吸，低下頭，下面的話幾近耳語。「我發現一件事情，一個可怕的發現。」

「什麼樣的發現？」

艾戈．羅生開始全身戰慄，差點哭出來。

「信任一個人！全心信任……結果竟是謊言，全是謊言！唯恐我發覺真相的謊言。我受不了，太邪惡了。你知道，他是我信賴的人，現在我卻發現他是主謀者。他正是我的仇敵！他派人跟蹤我、窺伺我。但是他再也不能逍遙法外了！我要說出來，我要告訴他，我知道他的所作所為。」

「『他』是誰呀？」瑪波小姐追問道。

艾戈．羅生直起身子。這本該顯得悲哀和莊重，但他只給人可笑的感覺。

「我說的是我父親。」

「蒙哥馬利爵士……還是邱吉爾？」

艾戈對她報以不屑的眼光。

「他們讓我以為如此……因為不想讓我猜出真相。不過現在我知道了。我有一個朋友，一個真正的朋友，他告訴我真相，我才知道自己受騙至今。哼，我爸得和我算算老帳，我要當面拆穿他的謊言！我要以真相向他挑釁。我要看看他有什麼話說。」

艾戈突然掙脫跑開，消失在花園內。

瑪波小姐面色凝重，回到屋子裡。

梅夫里醫生曾說：「我們都有點瘋狂。」

不過她覺得，艾戈的病況不止如此。

§

路易斯．西羅可六點半回來。他把汽車停在大門外，由花園走進屋內。瑪波小姐眺望窗外，看到柯遜．葛布蘭森出去迎接他，兩個人問候一番，便轉身在露台上踱來步去。

瑪波小姐為人謹慎，總隨身帶著觀鳥鏡，現在可派上了用場……遠遠的樹叢邊不是有一列金雀鳥嗎？

抬高鏡角之前，她先向下掃瞄一眼，發現兩個男人都顯得很不安。瑪波小姐將身子探出去。斷斷續續的談話不時飄進她的耳膜。他們若抬頭望，必然以為她看鳥看得太入迷，不會注意到他們的談話。

「……怎麼樣瞞著凱莉．勞思……」葛布蘭森說。

他們第二次從窗下走過，這回是路易斯．西羅可發言。

「……如果能夠瞞住她就好。我同意得先顧慮她……」

瑪波小姐還聽到模糊的片斷。

「真嚴重……」

「不應該……」

「責任太大……」

「也許我們該接受外來的忠告……」

最後瑪波小姐聽到柯遜．葛布蘭森說：「啊，天氣轉涼了。我們進屋裡去吧。」

瑪波小姐一臉困惑的表情，將腦袋縮回窗框裡。她聽到的話太零碎，不容易串聯在一起，不過卻加強了她漸漸興起的隱憂，和露絲．范里多堅定的預感。

無論石門莊園有什麼不對勁，必然會影響凱莉．勞思。

§

那天晚餐的氣氛有點不自然。葛布蘭森和路易斯都心不在焉，呆呆想著心事。瓦特．胡德比平常更凶，紀娜和史蒂夫似乎無話可談，也很少和大家說話。話題大抵由梅夫里醫生維持，他和治療師邦戈登先生在討論冗長的技術問題。

飯後轉入大廳，柯遜．葛布蘭森立即告退。他說有一封重要的信函要寫。

「親愛的凱莉．勞思，請你原諒，我現在先回房去。」

「一切用品都備齊了吧，裘麗？」

「有，有，樣樣俱全。我要一架打字機，那邊已經擺好一架了。貝勒佛小姐很客氣、很周到。」

他由左側的房門離開大廳，這扇門通往主樓梯的底部，門的外頭有一條長廊，末端便是客房。

他離開以後，凱莉．勞思說：「紀娜，今天晚上不到劇場那邊？」

女孩搖搖頭。她走過來，坐在窗邊俯視前車道和庭園。史蒂夫瞥了她一眼，然後走到大鋼琴前面。他坐下來，輕攏慢彈，那是一首古怪而憂鬱的小曲。兩位治療師邦戈登先生和萊西先生，還有梅夫里醫生都道過晚安，同時告退。瓦特轉動一盞檯燈，喀嚓一聲，大廳的多數燈火全熄了。

他大聲咆哮。

「這個鬼開關老是出老病！我去換一根保險絲。」

他走出客廳，凱莉．勞思低聲說：「瓦特對電氣之類的東西很有天分。你們記不記得他修好那架烤麵包機？」

瑪翠．史屈特說：「他在這裡，好像只做過那麼一件事。媽，你的補藥吃了沒有？」

貝勒佛小姐顯得很懊惱。

「我今天完全忘記了。」

她跳起來，走進飯廳，一會兒之後帶回一小杯玫瑰色的液體。

凱莉．勞思微微一笑，伸手去接。

「這麼可怕的東西，誰都不肯讓我忘記。」她扮個苦臉說。

沒想到路易斯．西羅可馬上說：「親愛的，今天晚上我可不是。我不確定它是否符合你的體質。」

他的態度安詳，卻帶著慣常的精力，由貝勒佛小姐手上接過玻璃杯，放在威爾斯橡木大鏡檯上。

貝勒佛小姐厲聲說：「真是的，西羅可先生，我不贊成你的做法。西羅可夫人身體大有起色……」

她突然住口，猝然轉身。

有人猛地推開前門，發出砰然的巨響。艾戈．羅生走進陰暗的大廳，一副大明星勝利歸來的架式。

他站在地板中央，擺出一種姿勢。那姿勢近乎可笑……卻又不十分可笑。

艾戈以戲劇般的口吻說：「我終於找到你了，噢，我的敵人！」

他這話是對路易斯．西羅可說的。

西羅可先生顯得有點震驚。

「咦，艾戈，怎麼回事？」

「你居然對我說這種話……你、你知道怎麼回事！你一直欺騙我、窺伺我，和我的敵人一起對付我。」

路易斯握住他的手臂。

「好，好，孩子，別激動。慢慢說給我聽，到我辦公室來。」

他帶著他橫越大廳，穿過右邊的一扇門，然後把門帶上。這時候突然傳來另外一個聲音……門鎖上的鑰匙喀啦喀啦轉動。

貝勒佛小姐看看瑪波小姐，兩個人都產生了同樣的念頭。鑰匙並不是路易斯・西羅可轉動的。

貝勒佛小姐厲聲說：「我覺得那個年輕人的瘋病快要發作了，他很不安全。」

瑪翠說：「他是個心智不平衡的年輕人，而且對一切恩德都不知道感激……媽，你應該抗議。」

凱莉・勞思幽幽地嘆了一口氣，喃喃地說道：「他其實不礙事的。他很喜歡路易斯，非常喜歡。」

瑪波小姐好奇地看看她。剛才艾戈對路易斯・西羅可的臉色可不太友好，太不友好了。她再次懷疑凱莉・勞思是不是故意逃避現實。

紀娜尖聲說：「他口袋裡有東西……我是指艾戈，他會動手的。」

史蒂夫雙手離開琴鍵，小聲說：「如果在電影裡，一定是把手槍。」

瑪波小姐咳嗽一聲，她歉然地說：「你知道，我認為正是手槍。」

在路易斯辦公室緊密的門扉裡，動靜依稀可聞。此刻，它突然變得十分清楚。艾戈大吼大叫，路易斯・西羅可的聲音維持平穩而理智的調調。

「謊言，謊言，謊言，全是謊言。你就是我父親，我是你兒子。你剝奪了我的權利，我應該擁有這個地方。你恨我……你想擺脫我！」

路易斯喃喃勸慰，艾戈神經質的嗓門更尖銳了。他罵出髒話來。艾戈似乎很快就失去自制力。路易斯偶爾發言「靜一靜，冷靜下來，你知道這都不是真的……」，不過年輕人的火氣非但未消，反而更加憤怒。

大廳的人不知不覺靜下來，專心聽路易斯書房中的動靜。

艾戈大喊：「你給我聽清楚，我要扯下你臉上目中無人的無情。告訴你，我要報復，為你帶給我的一切痛苦而報復！」

另外一個人率然開口，不太像路易斯平常冷靜的腔調。

「把手槍放下來！」

紀娜尖叫說：「艾戈會打死他，他瘋了！我們不能叫警察或想個辦法嗎？」

凱莉．勞思仍無動於衷，小聲說道：「用不著擔心，紀娜。艾戈很敬重路易斯。他只是在以戲劇方法自我表現，如此而已。」

門扉裡傳出艾戈的狂笑，瑪波小姐不得不承認，聽起來很不正常。

「是的，我有手槍，而且上了子彈。不，別開口，別亂動。你聽我說完。你陰謀對付我，現在你要付出代價。」

大家聽到一陣類似槍砲的響音，嚇了一大跳，但是凱莉．勞思說：「不要緊，是外面傳來的，庭園那一帶吧。」

緊鎖的門扉後面，艾戈發出一陣尖叫。

「你就坐在那邊看著我，看著我，假裝無動於衷。為什麼你不跪地求饒？告訴你，我要開槍了。我要射死你！我是你兒子，未經承認、飽受輕侮的兒子，你卻要我躲起來，完全避開人世！你派間諜跟蹤我，追查我，陰謀對付我，就是你，我的親父。我只是私生子，對吧？只是私生子。你一再用謊言來騙我，假裝對我仁慈，卻始終、始終……你不宜活在人間。我不讓你活下去！」

接著又是一串髒話。就在這一幕進行期間，瑪波小姐彷彿聽見貝勒佛小姐說：「我們得想想辦法。」接著便走出大廳。

艾戈似乎停下來喘氣，然後大喊：「你活不成，活不成了！我現在就送你上西天。吃我一記，你這魔鬼，還有這一記！」

咔咔兩聲，這回不是在庭園裡，而是在緊鎖的門扉後面。

有人大叫，瑪波小姐覺得是瑪翠。

「噢，老天，我們怎麼辦？」

屋裡傳出轟然巨響，然後是一陣比剛才更恐怖的聲音……是沉重而緩慢的啜泣。

有人由瑪波小姐身邊走過，開始猛捶房門。

是史蒂夫．瑞斯塔立。

「開門！開門！」他叫道。

貝勒佛小姐回到大廳，手裡拿著一串鑰匙。

「試試看。」她氣喘吁吁說。

這時候換好保險絲的電燈又亮了，剛才陰森森的大廳再度活躍起來。

史蒂夫．瑞斯塔立開始試那一串鑰匙。

他試開的時候，大家聽見裡面的鑰匙掉在地上。

屋內狂野而絕望的哭聲繼續傳來。

瓦特．胡德懶洋洋走回大廳，猛然站住說：「咦，這邊出了什麼事？」

瑪翠眼淚汪汪說：「那個可怕的瘋子槍殺了西羅可先生。」

「請讓開。」

是凱莉．勞思開口說話。她站起來，走向書房門口，輕輕推開史蒂夫．瑞斯塔立。

「我和他談談。」

她輕聲叫喚：「艾戈……艾戈，讓我進去，好不好？拜託，艾戈。」

他們聽見鑰匙插入鎖孔。徐徐一轉，門慢慢開了。

開門的不是艾戈。是路易斯．西羅可。他氣喘得很厲害，彷彿才跑步回來，除此之外倒平安無事。

他說：「不要緊，親愛的，不要緊。」

「我們以為你挨了槍彈。」貝勒佛小姐粗聲粗氣說。

路易斯．西羅可皺皺眉頭。他有點刻薄地說：「顯然沒有。」

現在他們看得見辦公室裡的情形。艾戈．羅生倒在書桌旁邊，他正在啜泣和喘息；手槍掉在地板上。

「不過我們聽到了槍聲。」瑪翠說。

「噢，是的，他開了兩槍。」

「他沒射中你？」

「當然沒射中。」路易斯怒喝道。

瑪波小姐認為這沒什麼「當然」可言。子彈一定是近距離射出的。

路易斯．西羅可急躁地說：「梅夫里醫生呢？我們需要梅夫里醫生。」

貝勒佛小姐說：「我去找他。要不要打電話報警？」

「報警？當然不要。」

瑪翠說：「當然要打電話報警。他有危險性。」

路易斯．西羅可說：「胡扯！可憐的孩子，他像個危險人物嗎？」

這時候他看起來毫無危險性。他顯得年輕、可憐、病懨懨的。

他的嗓門不再有刻意裝成的怪腔。

他呻吟道：「我不是故意的，我不知道中了什麼邪，才會說出那些蠢話……我一定是發瘋了。」

瑪翠哼了一聲。

「我一定是發瘋了，我不是故意的，真的，西羅可先生，我真的不是故意的。」

路易斯．西羅可拍拍他的肩膀。

「沒關係，孩子，我沒受到損傷。」

「我差點就射死你了，西羅可先生。」

瓦特．胡德跨進房間，查看書桌後面的牆壁。

「子彈射在這個位置。」他低頭看看書桌以及後面的椅子。「想必是千鈞一髮。」他冷冷地說。

「我完全昏頭了，不知道自己在幹什麼。我以為他剝奪了我的權利，我以為……」

瑪波小姐提出她一直想問的問題。

「誰告訴你西羅可先生是你父親？」

艾戈不安的面孔上浮出一抹狡猾的表情，但瞬間便消失了。

「誰都沒有。我是自己想到的。」

瓦特．胡德俯視地板上的手槍。

「你是從什麼地方弄到這把手槍？」他逼問道。

「手槍？」艾戈低頭望一望。

「很像我的手槍嘛。」瓦特說，他彎腰撿起來。「老天，真是我的！你到我的房間偷拿，你這下流胚！」

路易斯．西羅可站在畏縮的艾戈和那位逼近的美國人之間，為他們排解。

他說：「這些可以慢一點再談。啊，梅夫里醫生來了。梅夫里醫生，幫他檢查檢查，好嗎？」

梅夫里醫生懷著職業的熱誠朝艾戈走去。他說：「這樣不行，艾戈。你知道，這樣是不行的。」

瑪翠厲聲說：「他是危險的精神病患。他剛才開了槍，還亂吼亂叫，差點就射中我的繼父。」

艾戈發出一小陣狂笑，梅夫里譴責道：「請你說話當心點，史屈特夫人。」

「我對這一切感到噁心。我厭倦你們的一切作為。我告訴你，這個人是精神病患。」

艾戈突然掙脫梅夫里醫生，倒在西羅可先生跟前。

「救救我，救救我！別讓他們把我帶走，把我關起來。別讓他們……」

瑪波小姐暗想，好一個難堪的場面。

瑪翠氣沖沖說：「我告訴你們，他是……」

她母親安撫她說：「拜託，瑪翠，別這樣，他很痛苦。」

瓦特喃喃地說：「痛苦的廢人！這邊的人全是瘋子！」

梅夫里醫生說：「我來照顧他。跟我來，艾戈。上床前先吃一顆鎮定劑，明天我們再好好談一談。現在你先信任我，好嗎？」

艾戈站起來，微微發抖，疑惑地看看年輕的醫生，又看看瑪翠．史屈特。

「她說……我是精神病患。」

「不，不，你不是精神病患。」

貝勒佛小姐的腳步聲重重橫過大廳。她噘著嘴唇，滿面通紅走進來，冷冷地說：「我打電話報警了。他們幾分鐘後就會趕到這兒。」

凱莉．勞思用吃驚的口吻叫道：「裘麗！」

艾戈號啕大哭。

路易斯．西羅可憤然皺皺眉頭。

「裘麗，我叫你不要報警。這是醫療問題。」

貝勒佛小姐說：「也許吧，但是我自有理由，我非叫警察不可……葛布蘭森先生中彈身亡了。」

／08

過了一會兒，大家才弄清楚她話裡的含義。

凱莉．勞思不相信地說：「柯遜中彈？死了？噢，不可能。」

「如果你不相信，」貝勒佛小姐噘著嘴巴，與其說是對凱莉．勞思說話，不如說是對大家。「你自己去瞧瞧。」

她生氣了，怒氣在尖銳的嗓音裡表露無遺。

凱莉．勞思半信半疑，慢慢走向門口。

路易斯．西羅可伸手搭在她肩上。

「不，親愛的，我去好了。」

他由走廊出去。梅夫里醫生疑惑地瞥了艾戈一眼，也跟了上去。貝勒佛小姐和他們一起走。

瑪波小姐硬逼著凱莉．勞思坐在一張椅子上。她坐下來，眼神顯得傷心又痛苦。

「柯遜……中彈了？」她又說。

這是種小孩子感到困惑且傷心的口吻。

瓦特．胡德始終站在艾戈．羅生附近，狠狠瞪著他，手上拿著地板上拾起的手槍。

西羅可夫人用驚嘆的口吻說：「不過誰會起意射殺柯遜呢？」

這個問題並不尋求回答。

瓦特低聲說：「瘋子！他們全是瘋子。」

史蒂夫以護花使者的姿態走向紀娜。整個房間就數她那年輕而驚駭的面孔最為生動。

前門突然打開了，一股冷風隨著一個穿著大外套的男人飄進來。

他那開心的問候嚇了大家一跳。

「喂，大家好，今天晚上是怎麼回事？路上霧很濃。我只得慢吞吞前進。」

瑪波小姐嚇一跳，以為她看到一人分飾二角的場面。

一個人不可能站在紀娜旁邊，又同時由門口走進來。

接著她看出兩個人只是相像而已，仔細端詳，不見得一模一樣。這兩個人是形貌十分相似的弟兄，如此而已。

史蒂夫・瑞斯塔立瘦削憔悴，新來的這個人則顯得光鮮整潔。那俄國羔皮領外套很合乎他淨爽的身軀。一個英俊的年輕人，而且帶有成功者的權威和大方。

但是瑪波小姐注意到一件事。他走進大廳後，雙眼立刻盯著紀娜。

他略顯疑惑地說：「你在等我嗎？收到我的電報了？」

他對凱莉・勞思說，並走向她。

她呆呆地舉起纖手，他接過來輕輕一吻。是真心敬愛，不只是戲劇化的禮節。

她喃喃地說：「當然，親愛的亞歷，當然……只是，你知道，剛才出了事……」

「出事？」

瑪翠將事情告訴他，語氣有一種猙獰的意味。

瑪波小姐覺得很不舒服。

瑪翠說：「是柯遜・葛布蘭森，我哥哥柯遜・葛布蘭森中彈死掉了。」

亞歷顯得非常吃驚。

「老天！你是說自殺？」

凱莉・勞思連忙插嘴。

「噢，不，不可能是自殺。柯遜不會！噢，不！」

「我相信柯遜舅舅不會開槍自殺。」紀娜說。

亞歷・瑞斯塔立一一打量屋裡的人。他弟弟史蒂夫對他點頭證實。瓦特・胡德回頭瞪著他，略微有些憤慨。亞歷看到瑪波小姐，突然皺皺眉頭，彷彿看到舞台上多了一個沒用的道具似的。

他似乎希望有人解釋她的存在。但是沒人出聲，瑪波小姐仍是一個頭髮毛茸茸、可愛狼狽的老太太。

亞歷問道：「什麼時候？我是說，事情什麼時候發生的？」

紀娜說：「就在你進門以前。大約……噢，我想三、四分鐘以前吧。嗯，當然啦，我們都聽到槍聲，只是我們都沒注意……沒有多注意。」

「沒注意？為什麼？」

「嗯，你知道，還有別的事情發生……」紀娜猶豫地說。

「真的。」瓦特強調說。

裘麗・貝勒佛由圖書室的房門走進大廳。

「西羅可先生建議我們在圖書室等，這樣對警察比較方便。只有西羅可夫人例外。你嚇壞了，凱拉，我叫人在你床上放幾個熱水袋，我帶你上樓……」

凱莉・勞思站起來搖搖頭。

「我得先看看柯遜。」她說。

「噢，不，親愛的。你不能受打擊……」

凱莉・勞思輕輕推開她。

「親愛的裘麗，你不了解。」她四處張望說，「珍？」

瑪波小姐已經向她走去。

「珍，陪我去，好嗎？」

她們雙雙走向門口。

梅夫里醫生進來，差點和她們相撞。

貝勒佛小姐大聲說：「梅夫里醫生，千萬要阻止她，這太蠢了。」

凱莉・勞思靜靜看著那位年輕醫生，她甚至露出一抹微弱的笑容。

梅夫里醫生說：「你要去……看他？」

「我非去不可。」

「我明白了。」他退到一旁。「西羅可夫人，如果你覺得非去不可，請便。不過事後請回房休息，叫貝勒佛小姐照顧你。當場你不會覺得震驚，不過我告訴你，事後一定會。」

「是的，我想你說得沒錯。我會理智些。來吧，珍。」

兩個女人走出門外，經過大樓梯底部，沿著走廊往前走，經過右側的飯廳，推開左邊廚房的雙層門，穿越通往露台的側門，來到柯遜・葛布蘭森所住的「橡木套房」門口。這個房間的布置其實不像臥房，倒像客廳，一邊的壁龕擺了一張床，另有一扇門通入盥洗室。

凱莉．勞思在門檻邊停下來。

柯遜．葛布蘭森坐在大紅木書桌前，前面有一架手提打字機。現在他還坐在那兒，卻斜弓在椅子裡。椅子的扶手很高，他才沒滑到地板上。

路易斯．西羅可站在窗邊，他拉開一小段窗簾，凝視窗外的夜色。

他回頭皺皺眉。

「親愛的，你不該來的。」

他走向太太，她向丈夫伸出一隻纖手。瑪波小姐退後一兩步。

「噢，不，路易斯，我非……看看他不可。我必須知道事情的確切情況。」

她慢慢走向書桌。

路易斯警告說：「千萬別動任何東西。警察希望保持原貌。」

「當然。那麼他是被人蓄意殺死的？」

「噢，是的。」路易斯．西羅可對於太太的這個問題顯得有點吃驚。「我以為你應該知道……」

「我確實知道。柯遜不會自殺，他精明機警，也不可能發生意外。唯一的可能性……」

她遲疑半晌。「就是謀殺。」

她走到書桌後面，俯視死者，臉上充滿悲哀和感情。

她說：「親愛的柯遜，他對我一向很好。」

她輕輕用手指頭摸了摸他的頭頂。

「親愛的柯遜，祝福你也感謝你。」她說。

路易斯．西羅可比瑪波平時所見更熱情地說：「凱洛琳，我祈求上蒼別讓你看到這個場面。」

他太太輕輕搖頭，說：「你不可能讓任何人逃避什麼，事情遲早都要面對，所以愈早愈好。現在我要回房休息。路易斯，我想你要留在這邊等警察來吧？」

「是的。」

凱莉．勞思轉身離去，瑪波小姐伸手環著她。

／09

居里警官和他的隨員來到時，大廳上只有貝勒佛小姐一個人。

她立刻走上前去。

「我是裘麗．貝勒佛，西羅可夫人的侍伴兼祕書。」

「是你發現屍體，打電話給我們的？」

「是的。大家大部分在圖書室……由那扇門過去。西羅可先生留在葛布蘭森先生的房間，免得現場被人移動。最先檢查屍體的梅夫里醫生馬上過來。他帶一名……病例到側廂去。我來帶路好嗎？」

「麻煩你。」

他自忖道：「能幹的女人，似乎將事態整個衡量過了。」

他跟她步上走廊。

此後二十分鐘，警方的例行公務恰當運轉。照相師拍下必要的照片。法醫來了，梅夫里醫生也來幫忙。半個鐘頭之後，救護車載走了柯遜・葛布蘭森的遺體，居里警官開始正式問案。

路易斯・西羅可帶他到圖書室，他打量屋裡的人，心裡做了簡單的評註。一個白髮老太太，一個中年貴婦，那個美麗少女曾開車四處閒逛，她那樣子怪怪的美國丈夫。兩個外型相同的年輕人，報警等他來的能幹女人貝勒佛小姐。

居里警官已經想好一番話，他現在依計說出來。

「這件事你們恐怕相當難受，但願今天晚上不會留你們太久。明天我們可以進一步調查。是貝勒佛小姐先發現葛布蘭森先生的屍體，我要貝勒佛小姐概述一般情況，免得重複太多遍。西羅可先生，你若想上樓看尊夫人，請便，等我問完貝勒佛小姐，我再和你談談。我說得夠清楚了吧？也許有個小房間……」

路易斯・西羅可說：「我的辦公室好吧，裘麗？」

貝勒佛小姐點點頭說：「我正要這麼建議。」

她領頭穿過大廳，居里警官和隨行的巡佐跟在後面。

貝勒佛小姐讓他們坐好，自己也穩穩坐下來，看起來好像負責調查的是她，而不是居里警官。

不過，由他主動的一刻終於來臨了。居里警官的語調和態度都相當和善。他顯得安詳又嚴肅，可是有點不好意思的意味。有些人往往低估了他。其實他就如貝勒佛小姐一般有他能幹的一面，但是他寧可不展露這個事實。

他清清嗓子。

「我已由西羅可口中獲知主要的事實，如柯遜．葛布蘭森是葛布蘭森信託基金和獎助金的創始人故艾利克．葛布蘭森的長子等等。他是此地的理事之一，昨天意外來訪。這些都沒錯吧？」

「是的。」

居里警官對她簡明的答案相當滿意。

他繼續往下說：「西羅可先生出門到利物浦，今天晚上六點半乘車回來。」

「是的。」

「今天晚飯過後，葛布蘭森先生說要回房間工作；而上過咖啡，他就和大家道晚安，對吧？」

「對。」

「嗯，貝勒佛小姐，請你親口說明你發現屍體的經過。」

「今天晚上有件相當不愉快的事情發生。一個年輕的精神病患心理失去平衡，用手槍威脅西羅可先生。他們關在這個房間裡。最後年輕人開槍……你看那邊牆上有彈孔。幸虧西羅可先生沒有受傷。開槍後，那個人立即崩潰了。西羅可先生派我去找梅夫里醫生。我接上宿舍電話，但是他不在房間裡。我發現他和一位同事在一起，就傳話給他。他立刻過來了。回程中我轉往葛布蘭森先生的房間，想問他需要什麼……臨睡前要不要熱牛奶或威士忌。我敲門，沒有反應，於是我打開房門，便發現葛布蘭森先生斷氣了。於是我打電話報警。」

「這棟房屋有哪些入口和出口？安不安全？會不會有人從外面進來，卻沒人看到或者聽到？」

「誰都可以從邊門走上露台。我們睡覺的時候才鎖門，因為大家都由那邊進進出出，前往學院大樓。」

「我想，學院裡有兩百至兩百五十位少年犯？」

「是的。不過學院大樓門戶嚴謹，而且有人巡邏。我想沒有人能擅自走出學院。」

「當然啦，我們得調查這一點。葛布蘭森先生有沒有被害的理由……譬如與人結怨之類的？政策上有沒有不受歡迎的決定？」

貝勒佛小姐搖搖頭。

「噢，沒有。葛布蘭森先生和學院的管理或行政事務沒有牽連。」

「他來訪的目的是什麼？」

「我不知道。」

「他發現西羅可先生不在，十分懊惱，立刻決定等他回來？」

「是的。」

「那麼他一定是來找西羅可先生談公務囉？」

「是的，必然如此……一定是有關機構的事情。」

「是的，大概如此。他有沒有和西羅可先生會談？」

「沒有，沒時間。西羅可先生今天晚飯前剛剛趕回來。」

「但是，飯後葛布蘭森先生說他要寫重要的信函，便立即告退。他沒有說要和西羅可先生談談？」

貝勒佛小姐猶豫片刻。

「是，他沒有。」

「這就奇怪了……如果他特意留下來等著見西羅可先生，怎會如此？」

「是的，很奇怪。」

貝勒佛小姐似乎第一次覺得事有蹊蹺。

「西羅可先生沒有陪他回房？」

「沒有。西羅可先生留在大廳。」

「你知不知道葛布蘭森先生何時中彈？」

「也許是我們聽見槍聲的時候。果真如此，就是九點二十三分。」

「你們聽見槍聲？你們沒有受驚動？」

「情況很特殊。」

她詳細說明路易斯．西羅可和艾戈．羅生之間的一幕。

「那麼，沒有人覺得槍擊也許發生在屋內？」

「沒有，沒有，我並不那麼想。你知道，槍聲不發自這間辦公室，我們都鬆了一口氣。」貝勒佛小姐冷冷加上一句：「你不可能想到凶殺案會和殺人未遂案同時發生在同一間房子裡。」

居里警官承認這話不假。

貝勒佛小姐突然說：「不過，你知道，我後來去葛布蘭森先生的房間……我相信是與此有關。我真的想問他要什麼，不過這只是一種藉口，其實我想確保一切平安無事。」

居里警官盯著她好一會兒。

「你怎麼會擔心有事呢？」

「我說不上來。我想是外面的槍聲使然吧。當時看來沒有任何意義，不過事後我又想起來了。我對自己說，大概只是瑞斯塔立先生的汽車發生逆燃……」

「瑞斯塔立先生的汽車？」

「是的。亞歷．瑞斯塔立。他今天晚上開車來此，剛巧在事發後抵達。」

「我明白了。你發現葛布蘭森先生的遺體後，有沒有動房間裡的東西？」

貝勒佛小姐以斥責的口吻說：「當然沒有。我當然知道不能觸碰或移動任何東西。」

「剛才你帶我們到那個房間時，一切是不是和你發現屍體的時候一模一樣？」

貝勒佛小姐細細思量。她的身子往後靠，拚命轉動眼珠。居里警官想，她具有照相般的記憶力。

她說：「有件東西不一樣。打字機上空空的。」

居里警官說：「你是說你第一次進去的時候，發現葛布蘭森先生用打字機打了一封信，後來那封信被人拿走了？」

「是的，我幾乎可以確定，我看到白白的紙邊突出來。」

「謝謝你，貝勒佛小姐。我們抵達之前，還有誰進過那個房間？」

「當然是西羅可先生。我來接你們，他留在那兒。還有西羅可夫人和瑪波小姐去過，西羅可夫人堅持要去。」

居里警官說：「西羅可夫人和瑪波小姐。哪一個是瑪波小姐？」

「那位白頭髮的婦人，她是西羅可夫人的同學，四天前來此拜訪。」

「好，謝謝你，貝勒佛小姐。你的表達都很清楚。現在我要詢問西羅可先生。啊，不過，瑪波小姐是老婦人，對吧？我先和她說一兩句話，好讓她回房就寢。讓老太太熬夜，未免太殘忍，」居里警官厚道地說，「她一定嚇壞了。」

「要不要我轉告她？」

「麻煩你。」

貝勒佛小姐走出去。

居里警官望著天花板。

「葛布蘭森？為什麼找上葛布蘭森？這地方有兩百多個人格失調的少年犯，不見得不是他們幹的。說不定凶手是其中之一。不過為什麼找上葛布蘭森，一個本地的陌生人？」

拉克巡佐說：「我們還不了解情況。」

居里警官說：「到目前為止，我們一無所知。」

瑪波小姐進房的時候，他連忙站了起來，態度十分殷勤。她似乎有點緊張，他連忙安慰她。

「婆婆，別怕。」他心中暗想，老人家喜歡「婆婆」的稱呼。在她們眼中，警官比她們低一層，應該對尊長表示敬意。「我知道，這種事很令人沮喪。不過我們得把事情弄清楚，完全弄清楚。」

瑪波小姐說：「噢，是的，我知道。很難，對吧？我是說把每件事情弄清楚。因為你若專心看一樣東西，就觀察不到另外一樣。人往往會看錯，事情到底是巧合還是刻意如此，實在很難說。魔術師稱此為障眼法。他們真聰明，對吧？我永遠想不通他們怎麼安置一缸金魚……不可能真的愈摺愈小，對吧？」

「沒錯，一切都那麼戲劇化，你知道。先有西羅可先生和……」他俯視剛才的筆記。「艾戈．羅生之間的一幕。」

瑪波小姐說：「他是一個古怪的年輕人，我一直覺得他有點不對勁。」

居里警官說：「我想也是。然後，刺激的場面過去了，葛布蘭森卻中彈身亡。我聽說你陪西羅可夫人去看……呃，屍體。」

「是的，我去了，她要我陪她去，我們是老朋友。」

「於是你走到葛布蘭森先生的房間。你們在房裡有沒有碰什麼東西？」

「噢，沒有，西羅可先生警告我們別亂動。」

「婆婆，你有沒有注意到打字機上有一張信函或白紙？」

瑪波小姐立刻說：「上面沒有。我立刻注意到，是因為我覺得很奇怪。葛布蘭森先生坐在打字機前，一定是在打什麼資料。是的，我認為很奇怪。」

居里警官迅速瞥了她一眼。

他說：「葛布蘭森在這裡時，你和他談過多少話？」

「很少。」

「你記不記得什麼特殊或者重要的事情？」

瑪波小姐細細思量。

「他問起西羅可夫人的健康情形，尤其是她的心臟。」

「她的心臟？她的心臟有毛病嗎？」

「我聽說沒有。」

居里警官沉默了一會兒，然後說：「今天晚上，西羅可先生和艾戈．羅生先生發生爭執的時候，你聽到一聲槍響？」

「我自己沒聽見。你知道，我有點耳聾。不過西羅可夫人說是外面庭園裡傳來的。」

「聽說葛布蘭森飯後馬上離席？」

「是的，他說他要寫信。」

「他沒有表示要和西羅可先生會談？」

瑪波小姐補充說：「你知道，他們已經短短談了幾句。」

「真的？什麼時候？聽說西羅可先生晚飯前才剛到家。」

「這話不假，不過他從庭園走上來的時候，葛布蘭森先生走出去接他，他們在露台上踱來踱去。」

「還有誰知道這件事？」

瑪波小姐說：「我想沒人知道，除非西羅可先生告訴西羅可夫人。那時我剛好眺望窗外……在看幾隻小鳥。」

「看鳥？」

「看鳥。」瑪波小姐停了一會又說：「我想大概是金雀。」

居里警官對金雀沒興趣。

他謹慎地說：「你會不會恰好聽見他們的談話？」

瑪波小姐天真的瓷青色明眸迎上他的目光。

「恐怕只有零碎的片斷。」瑪波小姐輕聲說。

「說些什麼？」

瑪波小姐沉默片刻才說：「我不知道他們商談的題目，不過他們一心想瞞著西羅可夫人，不傷害她……這是葛布蘭森先生的說法。西羅可先生說：『我同意得先顧慮她。』他們還提到一項『重大責任』，說他們也許該接受『外來的忠告』。」

她停頓了一會。

「我想這件事的詳細情形，你最好去問西羅可先生本人，你知道。」

「我們會的，婆婆。今天晚上還有沒有發生其他一些你認為不對勁的事。」

瑪波小姐思考了一下。

「整個過程都很不對勁，如果你了解我的意思……」

「沒錯，沒錯。」

某件事突然閃進瑪波小姐的記憶中。

「有一樁不尋常的事件。西羅可先生阻止西羅可夫人吃藥，貝勒佛小姐很氣憤。」她泛出抱歉的笑容。「當然，這是小事……」

「當然。好了，謝謝你，瑪波小姐。」

瑪波小姐走出房間。

拉克巡佐說：「她年紀雖大，人倒很機警……」

10

路易斯．西羅可走進辦公室，房間的焦點立刻為之一變。他反身關上房門，這製造出一種祕密的氣氛。他走過來，不坐瑪波小姐剛剛空出來的椅子，卻坐上自己書桌後面的大位。貝勒佛小姐剛才請居里警官坐在書桌邊的一張椅子上，看似不知不覺保留了路易斯．西羅可先生的座椅，等他光臨。

坐定以後，路易斯．西羅可便若有所思地看向兩位警官。他的面孔凝重而疲乏，像一個通過嚴苛考驗的男人，這讓居里警官有點詫異。因為雖然柯遜．葛布蘭森的死訊對路易斯．西羅可必是一項打擊，不過葛布蘭森既非他的密友，也非他的近親，只是疏遠的姻親而已。

說也奇怪，主客情勢彷彿倒轉了。路易斯．西羅可好像不是進來答覆警察的調查，倒像是來主持庭訊的。居里警官有點不高興。

他精神勃勃地說：「好，西羅可先生……」

路易斯．西羅可似乎還在想心事。他嘆了一口氣說：「真不知道該怎麼做才正確。」

居里警官說：「西羅可先生，我想這該由我們來判斷。現在談談葛布蘭森先生。聽說他是意外來訪？」

「相當意外。」

「你不知道他要來？」

「我完全不知道。」

「你想不出他來此的理由？」

路易斯．西羅可平靜地說：「噢，知道，我知道他來此的理由，他告訴我了。」

「什麼時候？」

「我從車站走回來的時候，他在屋裡看到了，於是出來接我。當時，他便說明他來此地的原因。」

「我猜是為了葛布蘭森基金會的事情？」

「噢，不，和葛布蘭森基金會無關。」

「貝勒佛小姐似乎認為有關。」

「這也難怪，大家都這麼猜想。葛布蘭森不曾糾正大家這種印象，我也沒有。」

「為什麼，西羅可先生？」

路易斯．西羅可慢慢地說：「因為我們都有共識，絕不能讓人想到他來訪的真正用意。」

「真正的用意是什麼？」

路易斯．西羅可沉默了一兩分鐘，然後嘆了一口氣。

「葛布蘭森每年固定回來兩次，參加理事會議。上次的會議一個月前才剛剛開過，他應該再過五個月才來。所以我認為，大家都知道他是為緊急事務而來，不過我想大家正常的猜測仍是公務訪問，事情無論多麼緊急，也一定是信託基金的問題。就我所知，葛布蘭森沒有去糾正這種印象，或者自以為沒有。是的，也許這樣更接近真實……他自以為沒有。」

「西羅可先生，我不大懂你的意思。」

路易斯．西羅可沒有立刻回答。

稍後，他一本正經說：「我知道葛布蘭森這一死……是謀殺，是謀殺無疑，我非得向你道出一切事實。不過，坦白說，我關心我太太的幸福，不希望破壞她內心的平靜。警官，我無權指揮你，不過你若能盡量瞞著她，我將感激不盡。居里警官，你知道，柯遜專程來告訴我，他認為我太太被人慢性下毒。」

「什麼？」

居里不敢置信，連忙向前探身。西羅可點點頭。

「是的，你可以想像，這對我是一大打擊。我自己從未疑心過，不過柯遜一告訴我，我就察覺我太太最近的某些症狀，相當符合他的想法。她以為是風溼、腿部疼痛和偶發病疾。這些都和砒霜中毒的現象相吻合。」

「瑪波小姐告訴我們，柯遜．葛布蘭森曾問起西羅可夫人的心臟情況。」

「真的？真有意思。我猜他認為有人下了對心臟不利的毒藥，可以造成暴斃而不讓人起疑心。不過我自己認為可能是砒霜。」

「那麼，你認為柯遜．葛布蘭森的懷疑頗有根據？」

「噢，是的，我認為如此。因為葛布蘭森除非相當確定，否則他不會特意來提這個問題。他是個謹慎又固執的人，很難說服，但是非常精明。」

「他有何證據？」

「我們沒有時間談到這一點。我們的會面很匆忙。他只說明他來訪的用意，而且雙方講好，事情沒確定以前，什麼都別告訴我太太。」

「他疑心是誰下毒？」

「他沒說，我想他不知道是誰，但也許他起了疑心。現在我覺得他可能起了疑心，否則為什麼會遇害？」

「但是他沒有對你提到姓名？」

「他沒提到姓名。我們說好要徹查這件事，他建議尋求克羅米的主教卡布萊博士的意見和協助。卡布萊博士是葛布蘭森家族的老友，也是基金會的理事之一。他頗有智慧和經驗，如果……如果有必要將疑慮告訴我太太，他對我太太會是一大幫助和安慰。我們想請教他該不該報警。」

「頗不尋常。」居里說。

「飯後葛布蘭森回房寫信給卡布萊博士。他中彈的時候，其實正在打一封信。」

「你怎麼知道？」

路易斯平靜地說：「因為我由打字機抽下這封信。我帶來了。」

他由胸袋裡拿出一張摺疊的打字紙，遞給居里警官。

警官厲聲說：「你不該拿下這封信，或者碰房間裡的東西。」

「別的我都沒碰。我知道我在你眼中犯了一項不可饒恕的大錯。我確定我太太會堅持進那個房間，我怕她看到信上的內容。我承認自己錯了，不過遇到同樣的情形，我會再犯一次。我不惜一切……一切……只求保障我太太的幸福。」

居里警官暫時不說話。他細讀打字紙。

親愛的卡布萊博士：

若有可能，我求你接到信立刻到石門莊園來一趟。出現了一項重大的危機，我不知道如何處置。我知道你熱愛我們親愛的凱莉．勞思，和她有關的事情，你一向很關心。該讓她知道多少？我們能瞞她多少？這些問題我覺得很難答覆。

別打草驚蛇，我有理由相信，這個純真而甜蜜的老太太被人慢性下毒了。我初次起疑，是在……

信件到此突然中斷。

居里警官說：「柯遜．葛布蘭森打到這裡就中彈了？」

「是的。」

「這封信怎麼會留在打字機上呢？」

「我只能想出兩個理由。其一是凶手不知道葛布蘭森正在打什麼、信件的內容如何。其二，他也許來不及。他可能聽到有人走近，只能匆匆逃脫。」

「葛布蘭森沒有暗示他懷疑誰……如果他起了疑心的話？」

路易斯．西羅可稍停一下才回答：「沒有。」他含含糊糊地加上一句：「柯遜是個很正直的人。」

「你想毒藥……不管是砒霜或別的玩意兒……是如何下法？」

「我換晚餐服的時候，仔細想過了，我覺得最可能的媒介是我太太吃的一種補藥。至於食品嘛，我們都吃同樣的菜色，我太太沒有另外吃什麼。而誰都可以在藥瓶內加入砒霜。」

「我們得拿她的補藥來化驗。」

路易斯平靜地說：「我已經弄了一份樣品，是今天晚餐前留下的。」

他由書桌抽屜中拿出一小瓶紅色的液體。

居里警官好奇地瞥了他一眼說：「西羅可先生，你樣樣都想到了。」

「我信仰速戰速決的原則。今天晚上，我阻止我太太吃平常的補藥。盛藥的杯子還放在大廳的橡木鏡檯上；補藥的藥瓶則放在飯廳裡。」

居里警官向書桌靠過去。

他壓低了嗓門，以機密的口吻說話，沒有官僚作風。

「請原諒，西羅可先生，為什麼你一心想瞞著太太？你怕她會產生恐慌嗎？為了她好，當然該讓她有一點警覺。」

「是……是的，應當如此。不過我想你不太了解其中曲折。如果不認識我太太凱洛琳這個人，很難解釋。居里警官，我太太是個理想主義者，對誰都信賴不疑。她可以說看不見罪惡，聽不見罪惡，也說不出邪惡的言語。有人竟想害死她，她會覺得不可思議。但是我們得更進一步設想。不只是『有人』，事實上，它已成為一樁案件，這你也看到了，也許涉及一個和她很接近、關係密切的人……」

「這就是你的想法？」

「我們得面對現實，眼前就有兩百個偏執而身心有障礙的人，他們常常表現得粗魯而暴烈。不過照事情的本質來判斷，他們沒有一個是嫌疑犯。慢性下毒者是與她家居生活關係密切的人物。想想屋裡的這些人，她的丈夫、女兒、外孫女、外孫婿、她視如己出的繼子、她多年的忠僕兼好友貝勒佛小姐，這些人和她都很接近，關係非常密切。但是我們不禁懷疑，是不是他們之中的某一位？」

居里警官慢慢地說：「還有外人……」

「是的，可以這麼說。有梅夫里醫生，一兩個常常和我們在一起的教職員，還有傭人。不過坦白說，他們有什麼動機呢？」

居里警官說：「還有那個年輕人……他叫什麼名字來著，艾戈．羅生？」

「是的。不過他最近才偶爾來作客，不可能有此動機。何況，他深深敬愛凱洛琳……人人都如此。」

「但他情緒不平衡。今晚他攻擊你，到底是怎麼回事？」

西羅可煩躁地擺擺手。

「純粹是孩子氣，他無心傷害我。」

「牆上有兩個彈孔，還不算有心？他對你開槍，對吧？」

「他無意打中我，那只是演戲罷了。」

「好危險的表演方式，西羅可先生。」

「你不懂，你必須和我們的精神治療師梅夫里醫生談談。艾戈是個私生子，他騙自己說，他是名人的兒子，以補償沒有父親和出身低賤的痛苦。告訴你，這是人人皆知的現象。他的病情本來有所起色，大有起色，但不知道為什麼，後來又故態復萌。他指陳我是他『父親』，發動戲劇化的攻擊，拿一把手槍威脅我，我一點都不驚慌。他真的開槍以後，痛哭失聲，梅夫里醫生把他帶走，給他服下鎮定劑。明天早上，也許他又恢復正常。」

「你不想控告他？」

「這是下下策……我是指對他而言。」

「說實話，西羅可先生，我覺得他應該送進瘋人院。開槍來支撐自我！人要為整個社會著想，你知道。」

路易斯建議道：「找梅夫里醫生談這個問題，他會提出職業上的觀點。」他又說：「反正可憐的艾戈絕對沒有射殺葛布蘭森先生。他當時在這裡威脅要射死我。」

「西羅可先生，我要談的就是這個問題，我們連屋外一併考慮……既然露台的門沒關，誰都可以從外面進來射殺葛布蘭森先生。不過屋裡的範圍小一點，照你剛才說的話看來，我們得密切注意這個問題。除了我，呃……對了，除了瑪波小姐恰好在眺望窗外之外，可能沒人發現你和柯遜．葛布蘭森密談過了。若是如此，凶手射殺葛布蘭森，也許是阻止他向你報告心中的疑慮。還有什麼別的動機，現在還言之過早。我想葛布蘭森是大富翁吧？」

「是的，他是大富翁。他有兒子、女兒和孫子女……在他死後都可能得到財產。不過，我想他的家人不在英國，他們全都是可靠又正派的人物。就我所知，沒有出過不肖的子孫。」

「他有沒有仇人？」

「我想不太可能。他……說真的，他不是那種人。」

「那麼就只剩這棟建築和屋裡的人囉？屋裡有誰會殺他？」

路易斯．西羅可慢慢地說：「我很難斷定。這裡有傭人，有家屬和客人。照你的看法，都有可能。我只能告訴你，就我所知，柯遜回房後，除了傭人，大家都在大廳裡。我在那裡的時候，沒有人離開。」

「一個都沒有？」

「我想想……」路易斯皺眉苦想。「噢，有，一個電燈的保險絲斷了，瓦特．胡德先生去修理。」

「就是那個年輕的美國人？」

「是的。艾戈和我進來辦公室以後，大廳的情形我當然就不清楚了。」

「西羅可先生，你不能再給我更近的線索了？」

路易斯．西羅可搖搖頭。

「不，我恐怕幫不上忙。這……這一切都叫人難以想像。」

居里警官嘆了一口氣。

他說：「你告訴大家，他們可以回房睡覺了。我明天再找他們談。」

西羅可走出房間以後，居里警官對拉克巡佐說：「好啦，你做何感想？」

「他知道……或自以為知道凶手是誰。」拉克說。

「是的。我也有同感。而他一點都不喜歡……」

／11

第二天瑪波小姐下樓吃早飯，紀娜衝過來和她打招呼。

「警察又來了，這次在圖書室。瓦特好迷他們，他想不通警察怎會那麼平靜、那麼淡漠。我想他被這一切弄得熱血沸騰。我可不一樣，我討厭這些，覺得好恐怖。你想我為什麼覺得不舒服？是不是因為我有一半義大利的血統？」

「很可能。你不吝於表現心中的感受，也許和血統有關。」

瑪波小姐邊說邊泛出笑容。

「裘麗很暴躁，」紀娜挽著瑪波小姐的手臂，拉她進飯廳。「我想是因為警察主控辦案，她不能像平時管大家一樣『管理』他們。亞歷和史蒂夫……」兩兄弟走進飯廳，他們剛吃完早飯，紀娜刻薄地繼續說，「一點都不關心。」

亞歷說：「紀娜甜心，你真不友善。早安，瑪波小姐。我才關心呢，只是我不太認識你舅舅柯遜。我是最佳嫌疑犯。我想你知道這一點吧。」

「為什麼？」

「嗯，我剛好在那個時間開車進來。他們查過時間，覺得我由門房開到這棟屋子，費時太久……也就是說，我有充分的時間下車，跑到屋子附近，由側門進屋，開槍打死柯遜，再跑回車上。」

「那麼當時你到底在幹什麼呢？」

「我想，小女孩都知道不可以隨便亂問粗鄙的問題。我就像白癡一樣，呆站了好幾分鐘欣賞前燈照射中的濃霧，思考著要用什麼方式在舞台上達到這種效果，用於我的新舞劇《石灰屋之夜》。」

「但是你不能對警察這麼說！」

「當然。不過你知道警察的作風，他們客客氣氣說聲『謝謝你』，然後全部記下來；你不知道他們究竟怎麼想，只覺得他們頗有懷疑精神。」

史蒂夫露出淺淺而殘忍的笑容說：「亞歷，看你落難一定很好玩。我可沒問題，昨天晚上我沒有離開大廳半步。」

紀娜大叫說：「他們不可能覺得是我們做的吧！」

她那雙烏黑的明眸睜得又圓又大，顯得很驚慌。

亞歷吃著果醬說：「甜心，別說是遊民幹的，這說法太落伍了。」

貝勒佛小姐由門口探身說：「瑪波小姐，你吃完早餐，請到圖書室好嗎？」

紀娜說：「又是你。總比我們先去。」

她似乎有點氣憤。

「嘿，那是什麼聲音？」亞歷問道。

「我沒聽見。」史蒂夫說。

「是槍聲。」

紀娜說：「他們是在柯遜舅舅遇害的房間裡開槍射擊的，我不知道為什麼。在外面也試過了。」

門又開了，瑪翠．史屈特走進來。她穿了一身黑衣，佩戴條紋瑪瑙念珠。

她喃喃說聲早安，不看向任何一個人，逕自坐下。

她用沙啞的聲音說：「紀娜，拜託給我來一杯茶。沒什麼好吃的，只有吐司麵包。」

她用手裡的香帕擦擦鼻子和眼睛，然後以視而不見的眼光，抬頭看看兩兄弟。史蒂夫和亞歷覺得很不舒服，他們的嗓門愈壓愈低，幾近耳語，然後便站起來走出門外。

瑪翠．史屈特不知道是對全世界還是對瑪波小姐說：「連黑領帶都不打！」

瑪波小姐為他們辯護說：「我想他們事先不知道會發生命案。」
紀娜強忍住笑，瑪翠．史屈特凜然看了她一眼。
「今天早晨瓦特到哪裡去了？」她問道。
紀娜滿面通紅。
「我不知道，我沒看到他。」
她坐立不安，像個犯錯的孩子。
瑪波小姐站起來。
「我現在就到圖書室去。」她說。

§

路易斯．西羅可站在圖書室的窗口。
室內沒有別人。
瑪波小姐進來，他轉身走上來迎接她，抓住她的纖手。
「但願你不會為這次驚嚇而不適。貼近謀殺現場，對於以前沒看過這種事情的人，一定十分緊張。」

因為害羞，瑪波小姐不願說她其實對命案很熟悉。她只說，聖瑪莉米德的生活不如外界想像的那麼安穩。她說：「我可以向你保證，小村莊也會發生醜惡的事。人在那邊大有機會研究都市裡碰不到的事情。」

路易斯．西羅可好意聽她講，卻不太專心，只說：「我要請你幫忙。」

「當然，西羅可先生。」

「事關我太太……事關凱洛琳。我想你是真的喜歡她吧？」

「沒錯，人人都如此。」

「我本來也相信這一點，但我似乎弄錯了。在居里警官的許可下，我告訴你一件別人都不知道的事情……也許我該說，只有一個人知道。」

他扼要地說出昨晚對居里警官報告的事項。

瑪波小姐毛骨悚然起來。

「我不相信，西羅可先生，我真的不敢相信。」

「柯遜．葛布蘭森告訴我的時候，我也有這種感覺。」

「我想凱莉．勞思在世界上沒有半個仇人。」

「很難相信她和人結仇。不過你了解其中的含義嗎？下毒，慢性下毒，是至親好友才做得了的事。一定是我們屋內的一員……」

「那是指如果真有這回事。你確定葛布蘭森沒弄錯？」

「柯遜沒弄錯。他為人謹慎，沒有根據絕不會亂說。何況警察拿了凱洛琳的藥瓶和一小杯樣品去化驗，裡面都含有砒霜……醫生的藥方明明沒有砒霜。要知道確切的含量比較費時間，不過含有砒霜這一點是千真萬確。」

「那麼她的風溼症、走路不便，這一切……」

「是的，聽說局部抽筋是典型的徵兆。還有，你沒來之前，凱洛琳發過一兩次嚴重的胃病。直到柯遜來訪，我才想到……」

他突然住口。瑪波小姐低聲說：「那麼露絲說得沒錯囉！」

「露絲？」

路易斯．西羅可顯得很詫異。瑪波小姐不禁臉紅了。

「有件事情我沒告訴你。我來這邊不是偶然的。請容我解釋……我怕說不清楚，請你耐心聽。」

路易斯．西羅可注意聽，瑪波小姐便道出露絲的不安和焦慮。

他說：「真是非比尋常。我完全不知道。」

瑪波小姐說：「跡象都不太明顯，露絲自己也不知道為什麼會有這種感覺。一定有原因……照我的經驗，總有原因的，不過她只覺得『有點不對勁』而已。」

路易斯．西羅可淒然說道：「噢，看樣子她說對了。瑪波小姐，你明白我的處境，我該不該告訴凱洛琳？」

瑪波小姐連忙以懊惱的口氣說：「噢，不。」

她滿面通紅，疑惑地望著路易斯。

他點點頭。

「原來你的心情和我一樣？柯遜．葛布蘭森也有同感。我們對普通的女性會不會有這種感覺？」

「凱莉．勞思不是普通的女性。她憑信心，憑她對人性的信賴而活下去……噢，老天，我不善於表達。不過我覺得，在知道是誰以前……」

「是的，這就是問題的關鍵。但瑪波小姐，你知道，不說的話是一大冒險……」

「所以你要我……怎麼說才好，留心看顧她？」

路易斯．西羅可說：「你知道，你是我唯一可信賴的人……這裡每個人都顯得很愛她，但是真相究竟如何？而且你們的情分是多年前建立的。」

「還有，我才來沒幾天。」瑪波小姐中肯地說。

路易斯．西羅可露出笑容。

「沒錯。」

瑪波小姐道歉說：「我要問一個充滿銅臭的問題。如果凱莉．勞思死了，誰能夠得到好處呢？」

路易斯苦笑說：「錢！到頭來總要扯上金錢的問題，對吧？」

「噢，這一回我覺得必是如此。因為凱莉．勞思是一個魅力十足的人，很難想像有人會討厭她。我意思是說，她不可能有仇人。那麼就只剩金錢的問題了。西羅可先生，不用說你也知道，人往往為錢而不擇手段。」

「我想也是。」他又說：「居里警官自然也採取這個主張。今天基爾福先生要從倫敦趕來，可以提供進一步的資料。『雅氏和基氏公司』是著名的律師事務所。基爾福的父親是原創的理事之一，他們起草凱洛琳的遺囑和艾利克．葛布蘭森最初的遺囑。我用簡單的話對你說明……」

瑪波小姐感激地說：「謝謝你，我總覺得法律條文把人弄得莫名其妙。」

「艾利克．葛布蘭森捐出這家學院和許多獎助金、信託基金和別的慈善捐款之後，給親生女兒瑪翠和養女琵琶（紀娜的母親）留下同樣數目的遺產，剩下的大筆產業託人經營，收入由凱洛琳終身領取。」

「她死後呢？」

「她死後平分給瑪翠和琵琶；萬一她們比凱洛琳先死，則遺贈下一代。」

「那麼就是由史屈特太太和紀娜繼承囉？」
「是的。凱洛琳自己也有一筆可觀的財富……當然和葛布蘭森不能相比。其中一半，她四年前就轉贈給我了。另外的一半，她留一萬英鎊給裘麗．貝勒佛，其他的由她第二任丈夫的兒子亞歷和史蒂夫．瑞斯塔立平分。」
瑪波說：「噢，老天，糟糕，太糟糕了。」
「你是說……」
「這裡的每個人都具有金錢動機。」
「是的。但我不相信他們會動手殺人。我就是不相信……瑪翠是她的親生女兒，也已經相當富有了。紀娜對外祖母十分敬愛，她花錢大方又奢華，但是沒有利欲之心。裘麗．貝勒佛對凱洛琳忠心耿耿。瑞斯塔立家的兩兄弟把她當作生身母親，他們自己沒有什麼錢，不過凱洛琳花了不少錢來資助他們的事業……尤其是亞歷。我不相信他們會毒死她，想在她死後繼承財產。瑪波小姐，我真的無法相信。」
「還有紀娜的丈夫，對吧？」
路易斯正色說道：「對，還有紀娜的丈夫。」
「你對他的底細並不清楚。而且一看就知道，他是一個落落寡歡的人。」
路易斯長嘆一聲。

「他在這裡格格不入。他對我們的作為既不關心也不認同。不過他何必下手呢？他年輕、粗魯，又來自一個以個人成就為榮的國家。」

「我們這邊卻喜歡失敗者。」瑪波小姐說。

路易斯．西羅可敏銳而疑惑地看看她。

她臉紅了，結結巴巴說：「你知道，有時候我覺得人會矯枉過正……我是說，天賦不錯的年輕人，在好家庭正常成長，具有開創生活的勇氣和能力……嗯，仔細想想，他們應該才是……國家需要的人。」

路易斯皺皺眉頭。

瑪波小姐匆匆往下說，臉色愈來愈紅，語氣也愈來愈不連貫。

「我並非不欣賞你和凱莉．勞思……一項真正高貴的工作……真正的同情……人應該有同情心……因為重要的是人……有好運和壞運之別……一般人對幸運者的期望比較大。不過有時候，我覺得一個人的調和感……噢，我不是說你，西羅可先生。我真不知道自己在說什麼……只是英國人在這方面確實很奇怪。就連打仗，大家對失敗和撤退也覺得比勝利更光榮。外國人永遠不懂我們為什麼那麼以敦克爾克大撤退為榮，他們是寧願不提這種事的。但我們似乎老為勝利而尷尬，彷彿不便誇口似的。看看我們的詩人！看看『輕砲兵衝鋒隊』，還有西班牙本土的小報復行動。想一想，真是古怪的特質！」瑪波小姐重新喘一口氣。「我意思是說，這邊的一切在瓦特．胡德眼中一定很奇怪。」

路易斯承認說：「是的，我明白你的觀點。瓦特的戰爭紀錄確實很不錯，他的勇氣無庸置疑。」

瑪波小姐坦白地說：「那沒有多大用處。因為戰爭是一回事，日常生活又是一回事。動手殺人，我想，那需要勇氣……有時候也許只需要自負就成了。是的，自負。」

「不過我覺得瓦特．胡德沒有充分的動機。」

瑪波小姐說：「是嗎？他討厭這裡，他想遠走高飛，他要帶紀娜走。如果他真需要錢，會希望紀娜……呃，在確實愛上別人以前，將所有的錢拿到手。」

路易斯以驚駭的口吻說：「愛上別人！」

瑪波小姐想不通，一個狂熱的社會改革者眼光怎麼會那麼遲鈍。

「我就是這麼說。你知道，瑞斯塔立兄弟都愛上她了。」

「噢，我不相信。」路易斯心不在焉地，繼續往下說：「史蒂夫是我們的無價之寶，非常珍貴。他發掘了那些孩子的……敏銳度、興趣。上個月他們的演出棒極了。布景、服裝，樣樣都好。我常對梅夫里醫生說，可見這些孩子會犯罪是生命中缺乏戲劇的結果。誇張地表現自己是小孩天生的本能。梅夫里說……啊，對了，梅夫里……」

路易斯突然打住了。

「我要梅夫里去見居里警官，討論艾戈的問題。唉，一切都荒謬極了。」

「西羅可先生，你對艾戈．羅生了解多少？」

路易斯斷然說：「樣樣了解。有必要知道的事情，我統統知道。他的背景、成長過程……他深深缺乏自信……」

瑪波小姐打斷他的話。

「艾戈．羅生不可能毒害西羅可夫人嗎？」她問道。

「不太可能，他才來幾個禮拜。而且，這未免太可笑了！艾戈為什麼要毒害我太太？他這樣做有什麼好處呢？」

「我知道，物質上是沒有。不過，他說不定有些……讓人難以想像的原因。他很奇怪，你知道。」

「你是說，心理不平衡？」

「我想是吧……不，不全然，我是說他整個人很不對勁。」

這話並沒有道出她心中的感覺。路易斯．西羅可接受了字面上的意思。

他嘆了一口氣說：「是的，他整個人很不對勁，可憐的孩子。他本來有明顯的進步。我不懂他為什麼突然故態復萌……」

瑪波小姐身子往前靠。

「是的，我也奇怪。如果……」

居里警官進來，她連忙打住了。

12

路易斯・西羅可走了以後，居里警官坐下來，向瑪波小姐泛出一抹古怪的笑容。

「原來西羅可先生要你擔任守衛。」他說。

她道歉說：「噢，是的。希望你不介意……」

「我不反對，我覺得這是很好的主意。西羅可先生知不知道你頗適合這件差事？」

「警官，我不懂你的意思。」

「我知道，他只認為你是個和他太太同窗的親切老婦。」他對瑪波小姐搖搖頭。「瑪波小姐，我們知道你不止於此，對吧？你們那裡的街鄰巷弄不時有罪行發生。西羅可先生只知道罪行的一面……頗有前途的初犯。有時候我覺得有點噁心。我大概錯了，也落伍了。正派而值得助其立足社會的好青年到處都是。但是誠實的美德只能留著自我安慰，富翁們就是不肯留下基金來幫助有為的青年。算了，算了，別理會我的牢騷，我落伍了。我看過不少青年和少女，樣樣不順利，家境很差，運氣很背，各方面的條件都不好，但他們有勇氣熬出頭。我若有財產，就會留給這種人。不過，我從來沒有，只有養老金和一小塊花園。」

他對瑪波小姐點點頭。

「昨天晚上布萊克局長談過你的經歷，說你對人性醜惡的一面相當有經驗。現在聽聽你的看法。誰是柴堆裡的黑仔？那位美國大兵夫婿？」

瑪波小姐說：「若是如此，正合大家的心意。」

居里警官自顧微笑，他追憶說：「有個美國大兵搶走了我最好的女朋友……當然啦，我有偏見。他的態度不討人喜歡。讓我們聽聽業餘偵探的觀點。誰偷偷毒害西羅可夫人？」

瑪波小姐說了一句公道話。

「根據人性，大家總認為是丈夫幹的；反過來就想到妻子。你不認為，這是下毒案的第一個假設？」

「我同意你的看法。」居里警官說。

「不過，這一回……」瑪波小姐搖搖頭。「不，坦白說，我很難去懷疑西羅可先生。警官，你知道，他真的很愛他太太。當然他可能是表演……但這並不像表演，平平靜靜卻很真摯。他愛他太太，我相信他不會下毒。」

「何況他沒有下毒的動機，她已經把錢轉贈給他了。」

瑪波小姐一本正經地說：「當然，一個男人要除掉妻子，還有別的理由。例如愛上年輕貌美的女人。西羅可先生好像沒有什麼羅曼蒂克的心情。」她懊喪地說，「我們恐怕得刪除他的嫌疑。」

「很可惜，對吧？」居里警官咧咧嘴。「而且他不可能殺葛布蘭森先生。我覺得這兩件事一定有關聯。毒害西羅可夫人的凶手殺掉了葛布蘭森先生，以防他吐露祕密。我們現在要調查昨天晚上誰有機會殺害葛布蘭森。我們的第一號嫌犯，無疑是瓦特·胡德。是他開了一盞檯燈，保險絲才斷掉，於是他有機會離開大廳，去檢查保險絲的匣子。保險絲的匣子裝在廚房走道內，和大走廊相通。大家聽見槍聲，正是他離開大廳的時候。所以他是第一號嫌疑犯。」

「那麼第二號嫌疑犯呢？」瑪波小姐問道。

「第二號嫌疑犯是亞歷·瑞斯塔立，他一個人由門房開車到這裡，路上花了太多時間。」

「還有沒有別人？」瑪波小姐把身子往前傾，又加上一句：「非常謝謝你告訴我這些事情。」

居里警官說：「不用謝，我需要你幫忙。你說『還有沒有別人』，正好問對了。因為我正要請教你。昨天晚上你也在大廳，你可以說說誰離開過……」

「好，好，我應該說得出來……不過我真的行嗎？你知道，情況……」

「你是說，你全心在注意西羅可先生辦公室裡的爭執。」

瑪波小姐猛點頭。

「是的，我們大家都嚇慌了。羅生先生顯得……真的很瘋狂，我們都怕他殺害西羅可先生，只有西羅可夫人無動於衷。你知道，他大聲嚷嚷，說些可怕的話，我們都聽得很清楚，而且大部分的燈光都熄了，我沒有注意到別的情況。」

「你是說那一幕進行期間，誰都可能溜出大廳，沿著走廊過去，打死葛布蘭森之後再溜回來？」

「我想有這個可能……」

「你能不能確定誰從頭到尾都在大廳？」

瑪波小姐細細思量。

「我敢斷定西羅可夫人始終在場，因為我一直望著她。她坐在辦公室門口附近，始終沒有站起來。你知道，她能如此平靜，我覺得很吃驚。」

「其他人呢？」

「貝勒佛小姐出去了。不過我想……我幾乎可以確定，是在那一聲槍響以後。史屈特太太？我不知道，她坐在我後面。紀娜站在那一頭的窗口。我想她大概從頭到尾留在那邊，但我也不敢確定。史蒂夫坐在鋼琴邊，爭執開始，他就不再彈琴了……」

居里警官說：「我們不能為槍響的時間而迷失方向。你知道，以前有人用過這種詭計。假造槍聲，讓人以為那是犯案時間，其實根本弄錯了。也許貝勒佛小姐就玩這一套（也許牽強，但誰也不敢說），然後她在槍響之後公然離開。不，我們不能憑槍聲判斷。範圍要定在柯遜．葛布蘭森離開大廳到貝勒佛小姐發現屍體之間的時段。我們只能刪去那些不可能有機會的人。路易斯．西羅可和艾戈．羅生在辦公室裡，西羅可夫人在大廳。真不巧，葛布蘭森竟在西羅可和羅生發生那一幕的時候被槍殺。」

瑪波小姐喃喃地說：「你認為這是不巧嗎？」

「噢？你想法如何？」

瑪波小姐細聲說：「我覺得可能是精心安排的。」

「你這麼想嗎？」

「嗯，大家都覺得奇怪，艾戈．羅生竟突然舊病復發。他對自己素未謀面的父親有一種古怪的情結。邱吉爾和蒙哥馬利爵士剛好符合他的心態，只要是他恰好想起的名人都可以。但是若有人告訴他路易斯．西羅可是他的生父，而且一直在迫害他，其實他有權利當石門莊園的皇太子……他心情軟弱的時候，就會接受這個主張，並且為此而發狂，遲早會發生昨夜的場面。那是多好的掩護！人人都注意進行中的危險情況……尤其若有人給他一把手槍，更是如此。」

「哼，沒錯，瓦特．胡德的手槍。」

瑪波小姐說：「噢，是的，我也想到這一點。你知道，瓦特沉默寡言，整天繃著臉生氣，不過我想他並不笨。」

「那麼你覺得並不是瓦特囉？」

「若是瓦特，我想大家都會覺得很輕鬆……這聽起來不太厚道，因為他是外來的人。」

居里警官說：「他太太呢？她會不會覺得輕鬆？」

瑪波小姐沒有答腔。她想起初來的那一日，看見紀娜和史蒂夫．瑞斯塔立相對而立的情景。她還想起昨天晚上亞歷．瑞斯塔立一進大廳，眼光馬上投向紀娜。紀娜自己的態度如何呢？

§

兩個鐘頭後，居里警官仰靠在椅子上，伸伸懶腰，嘆了一口氣。他說：「好啦，我們做了不少清查的工作。」

拉克巡佐表示同意。

「傭人都不在，那段時間他們全部在一起……我是指住宿的僕人。通勤的都回家了。」

居里警官點點頭，他感到精神疲憊。

他約見過幾名心理治療師、教職員和輪到那天來家裡吃晚餐的「兩個小犯人」，一一查驗他們的行蹤報告。他們沒有嫌疑，他們的活動和癖好都是團體式的，沒有人單獨活動。這一點可作為不在場證明。根據居里警官判斷，梅夫里醫生是學院的主要負責人，居里警官最後才約見他。

「拉克，現在我們叫他進來。」

年輕的醫生匆匆走進來，夾鼻眼鏡下的面孔顯得乾淨、俐落，沒有什麼人情味。

梅夫里證實手下員工的說法，這和居里警官的發現相當吻合。學院的管理很嚴，沒有漏洞，也沒有私逃的出路。柯遜・葛布蘭森的命案不可能是「年輕病患」幹的……居里警官被狂熱的醫學氣氛所迷惑，差點就改口這樣稱呼他們。

「警官，他們的確是病人。」梅夫里醫生微微一笑說。

這是個充滿優越感的微笑，居里警官若不稍感氣憤，就太不合理了。

他老練地說：「梅夫里醫生，現在談談你自己的行蹤吧？你能不能說明一下？」

梅夫里醫生九點十五分陪萊西先生和邦戈登先生走出大廳。三個人到邦戈登先生的房間，討論一些治療問題，後來貝勒佛小姐匆匆趕來，請梅夫里醫生到大廳去。那時候將近九點半。他立刻趕往大廳，發現艾戈．羅生完全崩潰了。

居里警官有點激動。

「等一下，梅夫里醫生，依你看，這個年輕人真的是精神病患嗎？」

梅夫里醫生又泛出高高在上的笑容。

「居里警官，我們都是精神病患。」

警官暗想，好一個愚蠢的答案。他很清楚自己不是精神病患……梅夫里醫生倒有可能！

「他能為自己的行為負責嗎？我想他知道自己在幹什麼吧？」

「當然。」

「那麼他對西羅可先生開槍，就是蓄意殺人。」

「不，不，居里警官，沒有這回事。」

「少來了，梅夫里醫生，我在牆上看到兩個彈孔，它們差點就射中西羅可先生的腦袋。」

「也許吧。不過羅生無心殺死西羅可先生，甚至無意打傷他。他很喜歡西羅可先生。」

「真是奇怪的示愛方法。」

梅夫里醫生再度微笑。居里警官覺得他的微笑好煩人。

「人的一舉一動都是有心的，警官，每次你忘掉一個人名或一張面孔，都是因為你下意識想要忘掉它。」

居里警官半信半疑。

「每次你失言，這失言就有特殊的含義。艾戈．羅生離西羅可先生才幾呎遠，他可以輕易打死他，結果他卻沒打中，為什麼？因為他存心不打中，事情就是這麼簡單。西羅可先生根本沒有危險，西羅可先生自己也知道。他明白艾戈的姿態，是對全世界不讓他擁有童年生活的必要品……安全感和親情，表示敵意和憤慨。」

「我想見見這個年輕人。」

「當然可以。他昨天晚上的爆發具有淨化作用，今天的病況好多了。西羅可先生一定很滿意。」

居里警官用力瞪了他一眼，但是梅夫里醫生嚴肅如昔。

居里警官嘆了一口氣。

「你有沒有砒霜？」他問道。

「砒霜？」梅夫里醫生嚇了一跳，顯然沒想過這個問題。「好奇怪的問題。為什麼會提到砒霜？」

「請你回話就好。」

「不，我手上沒有任何一種砒霜。」

「不過你有一些藥品吧？」

「噢，當然。止痛藥、嗎啡、安眠鎮定劑，都是普通藥品。」

「你會替西羅可夫人看病嗎？」

「不。金寶市場的岡特醫生才是他們的家庭醫師。當然，我有醫藥學位，不過我純粹做精神治療。」

「我明白了。好啦，謝謝你，梅夫里醫生。」

梅夫里醫生出去以後，居里警官對拉克巡佐抱怨說，精神治療師害他脖子發疼。他說：「現在我們調查家屬。我先見見瓦特．胡德。」

瓦特．胡德的態度很小心。他以審慎的表情打量警官，但是他相當合作。

石門莊園有很多故障的電線，整個供電系統都落伍了。若在美國，非整個換過不可。

居里警官笑笑說：「我相信是已故的老葛布蘭森先生裝設的，當時電燈這種東西還很新奇哩。」

「我就這麼說嘛，甜蜜而古老的封建英國人，永遠趕不上時代。」

控制大廳多數燈火的保險絲燒斷了，他出去檢查保險絲的匣子。修好就趕回大廳。

「你去了多久？」

「我不敢確定。保險絲的匣子裝在很彆扭的地方。我必須爬梯子找蠟燭。大概十分鐘吧……也許一刻鐘。」

「你有沒有聽見槍聲？」

「哦，沒有，我沒聽見。到廚房要走兩道門，其中一道鑲有毛氈。」

「我明白了。你回到大廳，看到什麼？」

「他們都圍著西羅可先生辦公室的房門。史屈特太太說西羅可先生中槍了……其實不是那麼回事。西羅可先生安全無恙，那個蠢才沒有打中他。」

「你認識這把手槍吧？」

「當然認識！是我的。」

「你上次看到這把槍，是什麼時候？」

「兩三天前。」

「你放在哪裡？」

「在房間的抽屜裡。」

「誰知道你放在那兒？」

「我不曉得這間屋子裡有誰知道任何事情。」

「你這話是什麼意思，胡德先生？」

「哎，他們都是瘋子！」

「你進大廳時，別人是不是都在？」

「你是指誰？」

「你去修保險絲時待在大廳裡的人。」

「紀娜在，還有那個白頭髮的老太太，還有貝勒佛小姐……我沒有特別注意，不過我想大概如此。」

「前天葛布蘭森先生是意外來訪，是嗎？」

「我猜是吧。聽說不是例行拜訪。」

「有沒有人為他來訪而不高興？」

「嗯，我想沒有。」

他的態度還是很謹慎。

「你知不知道他為什麼趕來？」

「我想是為他們寶貴的葛布蘭森信託基金會吧。整個組織都太狂妄。」

「你們美國也有所謂的這種『組織』。」

「計畫是一回事，像他們這樣加上人身色彩又是一回事。我當兵的時候受夠了精神治療家。這個地方被他們搞得不可收拾。教小殺手編棕櫚籃子，刻菸斗架……小孩子的把戲！娘娘腔！」

居里警官對這一番批評沒有表示意見。他大概頗有同感。

他仔細打量瓦特說：「那麼你不知道誰可能殺害葛布蘭森先生？」

「我想是某個到學院來實習技巧的聰明少年。」

「不，胡德先生，不可能。學院雖然有自由的氣氛，卻是囚禁的場所，而且依照這個原則來管理。天黑後誰都不可能進進出出，下手殺人。」

「要是我就不會略掉他們！好吧，你如果想找近親好友，我想最佳嫌疑犯是亞歷・瑞斯塔立。」

「你憑什麼說這種話？」

「他有機會下手。他一個人開車上來。」

「他為什麼要殺柯遜・葛布蘭森先生？」

瓦特聳聳肩。

「我是個外人，不知道他們家的情況。也許這個老頭聽到亞歷的某些風聲，想向西羅可先生報告。」

「結果會如何？」

「他們也許會中止經濟援助。他真會用錢……以各種名目支領大筆款項。」

「你是說……用於戲劇事業？」

「這是他的說法吧？」

「你認為不是這麼回事？」

瓦特．胡德又聳聳肩。

「我不知道。」他說。

／13

亞歷．瑞斯塔立口若懸河，還加上手勢。
「我知道，我知道，我是最理想的嫌疑犯。我一個人開車到這兒，半路上靈感突發……我不奢望你們了解，你們怎會了解呢？」
「說不定喔。」
居里警官冷冷地說，不過亞歷．瑞斯塔立繼續演講。
「就是所謂的靈感，說來就來了，誰也不知道什麼時候會來、怎麼個來法。那是一種效應、一個概念……於是別的事情都拋到九霄雲外。我下個月要演出《石灰屋之夜》。突然，昨天晚上那個場景好極了……完美的燈光、濃霧……前燈穿透霧網，反射回來，微微映出一堆高大的建築物。樣樣都符合需要！槍聲，奔跑的腳步聲，還有電力引擎的排氣聲……活像泰晤士河上的汽艇。我想，氣氛就是應該如此。但是我用什麼方式來製造出這些效果呢？而且……」

居里警官插嘴說：「你聽到槍聲？在哪裡？」

「濃霧中，警官，」亞歷舉手亂揮著他豐潤而保養得宜的雙手。「在濃霧中，妙就妙在這裡。」

「你不覺得有點不對勁？」

「不對勁？為什麼？」

「聽到槍聲難道是尋常的現象？」

「噢，我就知道你不懂！槍聲正符合我創造的場面，我需要槍聲，危險，鴉片，瘋狂的舉動。我何必在乎實際上是什麼？是路上卡車發生逆燃？還是有人偷獵兔子？」

「這邊的人大都用圈套捕兔子。」

亞歷滔滔不絕。

「還是小孩子放鞭炮？我想都沒想到是，呃，槍擊。我幻想自己在石灰屋裡——也可以說在戲院前排——瞻仰石灰屋。」

「幾聲槍響？」

亞歷不耐煩地說：「我不知道，兩三聲吧。有兩聲連在一塊兒，這一點我倒記得。」

居里警官點點頭。

「你說有奔跑的腳步聲？在哪裡？」

「由濃霧中對著我這邊奔來，離屋子很近。」

居里警官低聲說：「這表示槍殺柯遜．葛布蘭森的凶手來自屋外。」

「當然。怎麼不是呢？難道你以為是屋裡的人？」

居里警官仍和和氣氣說：「我們得考慮每一種情況。」

亞歷．瑞斯塔立大方地說：「我想也是，警官，你們的工作一定很傷身體！細節啦，時間地點啦，瑣碎的歪理啦。到頭來，有什麼用呢？能叫受害人柯遜．葛布蘭森復活嗎？」

「瑞斯塔立先生，逮到凶手對我們便是一大欣慰。」

「美國西部氣息！」

「你和葛布蘭森先生熟不熟？」

「不至於熟得有殺人動機，警官。我小時候住在這裡，偶爾會碰到他。他不時露面一兩下，是我們的老闆之一。我對這種人沒興趣。我想他收集了不少梭爾瓦德森的雕像……」亞歷打了一個寒顫。「這自然就明白了，對吧？老天，這些有錢人！」

居里警官立刻看了他一眼，然後說：「瑞斯塔立先生，你對毒藥有沒有興趣？」

「毒藥？我的天，他不會先中毒後中彈吧？那未免太離奇了。」

「他沒有中毒。不過你還沒答覆我。」

「毒藥是有些吸引力……不像槍子或鈍器那麼粗暴。我對這方面倒沒有特殊的認識，不知道你是不是指這一點。」

「你手邊有沒有拿過砒霜？」

「趁下戲之後包在三明治裡？這個主意倒是挺迷人的。你認不認識羅絲·葛萊登？那些自以為出名的女演員！不，我從來沒有想過砒霜。我想那是從除草劑或者蒼蠅紙中提煉出來的吧。」

「你多久來這邊一次，瑞斯塔立先生？」

「不一定，警官，有時候好幾個禮拜不來。不過我有時間就來度週末。我一向把石門莊園當作自己的家。」

「西羅可夫人很歡迎你？」

「西羅可夫人的大恩，我永遠回報不了。同情，了解，親情……」

「我想她還給過你不少鈔票吧？」

亞歷顯得有點厭惡。

「她把我當作親生兒子，她對我的事業有信心。」

「她有沒有和你談過她的遺囑？」

「當然。不過，我能不能請教你這些話有什麼意義呢，警官？西羅可夫人沒有出什麼問題嘛。」

「最好別出問題。」居里警官冷冷地說。

「你這話究竟是什麼意思？」

居里警官說：「你不知道最好。你如果知道……我是警告你。」

亞歷走了以後，拉克巡佐說：「漂亮的假話，你說呢？」

居里警官搖搖頭。

「難說，他也許真有創造才華；他可能只是愛過舒服日子，說說大話罷了，這誰也不敢說。聽到奔跑的腳步聲，啊？我打賭他是捏造的。」

「有沒有特殊的理由？」

「一定有特殊理由。我們還沒查出來，不過我們遲早會查清楚。」

「警官，一些少年犯也有可能溜出學院大樓，沒有人發現。說不定其中還有夜賊，若是如此……」

「對方就是希望我們這麼想，這很理所當然。不過拉克，倘若事實果真如此，我就把我的新軟帽吃下去。」

§

史蒂夫．瑞斯塔立說：「我就坐在鋼琴邊，糾紛初起的時候——我是指路易斯和艾戈．羅生的紛爭——我正在彈琴。」

「你做何感想？」

「噢，說實話，我並不當真。那個可憐的傢伙發過這種毛病。你知道，他並不是真瘋，那些胡話都是吹牛。事實上，我們都受不了他，尤其是紀娜。」

「紀娜？你是指胡德太太？她為什麼受不了他？」

「因為她是女人，而且是美女；也因為她覺得他很可笑！你知道，她有一半的義大利血統，義大利人具有不自覺的殘酷氣質。他們對於老醜或古怪的人沒有同情心。他們就愛指指點點，嘲笑人家。可以說，紀娜就是如此。她討厭艾戈。他可笑、誇張、骨子裡缺乏自信；他想引人注目，反而像傻瓜似的。這個可憐的傢伙很痛苦，但她根本不在乎。」

「你是說艾戈．羅生愛上胡德太太？」居里警官說。

史蒂夫輕快地說：「噢，是的，事實上我們都愛她，多多少少罷了。她喜歡我們這樣。」

「那她丈夫喜歡嗎？」

「他睜一隻眼閉一隻眼，他也很難受，可憐的傢伙。不會長久的，你知道……我是指他們的婚姻，不久就會破裂。那只是一段戰地情史。」

警官說：「真有趣。不過我們該談談柯遜．葛布蘭森的凶殺案，現在離題太遠了。」

史蒂夫說：「的確。不過我無可奉告。我坐在鋼琴前，沒有離開過，直到裘麗拿來幾把生鏽的鑰匙，試著打開辦公室的一個門鎖，我才站起來。」

「你坐在鋼琴前，有沒有繼續彈奏下去？」

「為路易斯辦公室內的生死搏鬥伴奏？不，爭端一起，我就停下不彈了。我對最後結果倒沒有什麼疑慮。路易斯有一雙我所謂的動力眼，只要他看看艾戈，就可以讓他軟化下來。」

「但是艾戈．羅生對他開了兩槍。」

史蒂夫輕輕搖頭。

「他只是演戲，鬧著玩。我媽以前就來過這一套……她在我四歲的時候，不知道是死了還是和男人私奔了。不過我記得她一不順心，就開槍洩憤。她在夜總會鬧過一回，在牆上弄出一個圖案……她是個傑出的射擊手，惹了好大的麻煩。你知道，她是俄國舞蹈家。」

「哦。瑞斯塔立先生，你能不能告訴我，昨天晚上你在大廳的時候，有誰離開過？我是指相關的時段裡？」

「瓦特……去修電燈了。裘麗．貝勒佛去找鑰匙打開辦公室的房門。就我所知，沒有別人了。」

「如果有人出去，你會不會注意到？」

史蒂夫想了一會。

「也許不會……我是指萬一有人躡手躡腳地溜出去再溜回來的話。大廳好暗，裡面又有爭鬧，我們都全神聆聽。」

「你能確定誰從頭到尾都在大廳裡嗎？」

「西羅可夫人……對了，還有紀娜，這我可以發誓。」

「謝謝你，瑞斯塔立先生。」

史蒂夫走向門口，遲疑片刻又走回來。

他說：「砒霜的事到底是怎麼回事？」

「誰跟你提到砒霜？」

「我哥。」

「哈，自然。」

史蒂夫說：「是不是有人給西羅可夫人吃砒霜？」

「你為什麼提到西羅可夫人？」

「我讀過砒霜中毒的症狀。末梢神經發炎，對吧？多少吻合她最近的病徵。還有昨天晚上路易斯搶走她的補藥。這裡發生了那種事嗎？」

「還在調查之中。」居里警官以最公事化的口吻說。

「她自己知不知道？」

「西羅可先生不希望她……受驚。」

「受驚不是恰當的字眼，警官。西羅可夫人從來不驚慌……這是不是柯遜．葛布蘭森死亡的背後原因？他發現她被人下毒了……不過他怎麼會發現呢？總之，這個說法令人難以置信，講不通嘛。」

「你覺得很吃驚，對吧，瑞斯塔立先生？」

「是的，確實很吃驚。亞歷告訴我的時候，簡直不敢相信。」

「你認為誰可能用毒藥害西羅可夫人？」

史蒂夫．瑞斯塔立咧嘴笑了一笑。

「絕不是一般容易想到的人。你可以洗去她丈夫的嫌疑。路易斯．西羅可得不到什麼好處，而且他深愛他太太，她手指頭痛一下，他都捨不得。」

「那麼是誰呢？你知道嗎？」

「噢，知道。我敢說一定是如此。」

「請你說明一下。」

史蒂夫搖搖頭。

「從心理學來說，一定是如此，別的方面解釋不通。但我沒有任何證據，而且你也許不同意。」

史蒂夫．瑞斯塔立漫不經心地走出去，居里警官在面前的紙片上猛畫小貓。

他心裡想著三件事情：一、史蒂夫．瑞斯塔立自視甚高；二、史蒂夫．瑞斯塔立和他哥哥採取聯合陣線。三、史蒂夫．瑞斯塔立英俊迷人，瓦特．胡德則相貌平庸。

他還懷疑兩件事情。

史蒂夫所謂「從心理學來說」是什麼意思？史蒂夫坐在鋼琴前看不看得到紀娜？他認為不可能。

§

紀娜走進朦朧的哥德式圖書室，立刻帶來一股奇異的光輝。連居里警官都對這個豔光四射的美人兒眨眼。

她坐下來，身子由長几上往前探，期待地說：「怎麼樣？」

居里警官看到她的大紅襯衫和墨綠色西褲，冷靜地問她：「胡德太太，我看你沒穿孝服？」

紀娜說：「我一件都沒有。我知道每個人都該有一點黑色的服飾，搭著念珠穿。但是我沒有，我討厭黑色，覺得它可怕兮兮的，只有接待員和管家之類的人才應該穿。反正柯遜・葛布蘭森也不算親人，他是我外公和前妻生的兒子。」

「我想你和他不太熟吧？」

紀娜搖搖頭。

「我小時候他來過三、四回，戰時我到美國，六個月前才搬回來住。」

「你決定回來久住？不只是探親？」

「我沒有認真考慮過。」紀娜說。

「昨天晚上葛布蘭森回房的時候，你在大廳裡？」

「是的，他道個晚安就走了。外婆問他用品夠不夠齊全，他說夠，裘麗弄得很周到……不是用這幾個字，但是意思差不多。他說他有信要寫。」

「然後呢？」

紀娜描述路易斯和艾戈・羅生的那一幕事端。那和居里警官一再聽到的說法差不多，只是在紀娜口中添加了色澤，有一種新的風味，簡直成了一齣戲劇了。

她說：「是瓦特的手槍。想想，艾戈竟然有膽子到他房間偷拿！我真不相信他有這個膽子。」

「他們走進辦公室、艾戈鎖上房門時，你怕不怕？」
紀娜那雙棕色的大眼睜得好大好大。
「噢，不，我很喜歡，好誇張，你知道，而且十分戲劇化。艾戈的一言一行向來很可笑，對他簡直片刻都不能當真。」
「但是他真的開槍了吧？」
「是的。我們都覺得他最後會開槍打路易斯。」
「你覺得好玩？」居里警官忍不住問道。
「噢，不，當時我嚇壞了。大家都一樣，只有外婆例外。她無動於衷。」
「這似乎很不尋常。」
「倒不見得。她就是那種人，不太注重現實，她從來都不相信有壞事會發生，她很可愛呢。」
「這一幕發生的時候，誰在大廳裡？」
「噢，我們都在。當然柯遜舅舅例外。」
「胡德太太，大家不全都在，有人進進出出。」
「真的？」紀娜含糊地說。
「例如你丈夫出去修電燈。」

「是的，瓦特很擅長修東西。」

「聽說他不在的時候，大夥兒聽見了槍聲。你們都以為是庭園傳來的？」

「我不記得了……噢，有，是燈光又亮起來、瓦特回來以後。」

「還有沒有別人離開大廳？」

「我想沒有。我不記得了。」

「你坐在哪裡，胡德太太？」

「在那一頭的窗邊。」

「靠近圖書室門口？」

「是的。」

「你自己有沒有離開大廳？」

「離開？有這麼刺激的好戲，我還離開？當然沒有。」

紀娜彷彿為這個念頭而慚愧。

「其他人坐在哪裡？」

「我想大都圍在壁爐四周。瑪翠阿姨在織毛衣，珍姨婆也是……我是指瑪波小姐，外婆靜靜坐著，沒有幹什麼。」

「史蒂夫．瑞斯塔立先生呢？」

「史蒂夫？起先在彈鋼琴，後來我就不知道了。」

「貝勒佛小姐？」

「忙東忙西的，和平常一樣，她從不坐下來。她在找鑰匙什麼的。」她突然說：「外婆的補藥是怎麼回事？是不是藥劑師弄錯了？」

「你怎麼會有這個想法？」

「因為瓶子不見了，裘麗到處找，急得要命。亞歷告訴她警方拿走了。這是真的嗎？」

居里警官不答覆這個問題，卻說：「你說貝勒佛小姐很擔憂？」

紀娜滿不在乎說：「哦，裘麗老是大驚小怪。有時候我想不通外婆怎麼受得了她。」

「再問一個問題，胡德太太。你知不知道殺死柯遜·葛布蘭森的凶手是誰？行凶原因又是什麼？」

「我想是某個怪人吧。殺手型的少年犯其實很理智。我是說，他們只會為了偷錢、搶現金或偷珠寶而打人，不會以此作為消遣。但是那些怪人——你知道，他們所謂心理適應不良的人——也許會為消遣而犯案。你不以為然嗎？因為除了消遣，我看不出人家殺柯遜舅舅理由何在。我不是真的指消遣，但是……」

「你想不起誰有任何動機？」

紀娜感激地說：「對，我就是這個意思。他的財物沒有遭劫吧？」

「不過你知道，胡德太太，學院大樓都上鎖加門，不經過通報誰也走不出來。」

紀娜開懷大笑。

「你相不相信，那些少年無論關在哪裡都出得來！他們教了我不少絕招。」

紀娜走了。

拉克巡佐說：「她很活潑。我頭一次近看她。身材很美，對吧？屬於外國體態，你知道我的意思吧。」

居里警官冷冰冰地看了他一眼。拉克巡佐連忙說，她愛笑愛鬧。「對這一切好像覺得很好玩。」

「史蒂夫．瑞斯塔立說她的婚姻快要破裂了。無論他說得對不對，但她竟說瓦特．胡德回大廳後才聽見槍聲，這未免太過離譜。」

「照其他人的說法，並非如此囉？」

「沒錯。」

「她也沒說貝勒佛小姐離開大廳去找鑰匙。」

警官深思熟慮說：「沒有，她沒說……」

14

史屈特太太遠比紀娜．胡德更適合這間圖書室。史屈特太太沒什麼奇異的風格，她穿黑衫，帶條紋瑪瑙念珠，整齊的灰髮仔細罩上一層髮網。

居里警官暗想，她一看就像國教牧師的未亡人……這實在有點奇怪，因為很少人真能名實相副。

連那繃緊的唇線都有禁欲的牧師氣息。她表現出基督徒的耐性，甚至基督徒的剛毅，居里警官暗想，不過沒有基督徒的慈悲。

而且史屈特太太顯然生氣了。

「警官，我以為你們會讓我知道什麼時候要找我。我乾等了一個早上。」

居里警官斷定，她的優越感受到了創傷。他趕快平息怒火。

「真抱歉，史屈特太太，也許你不清楚我們辦事的原則。你知道，我們一向從不重要的證據先查起，以便排除障礙。最後才傳訊判斷力可靠或良好的觀察者，藉以核對原先聽來的話是否有誤，這個做法很有效率。」

史屈特太太軟化了不少。

「噢，我明白了。我沒想到……」

「史屈特太太，你是個判斷力成熟的女性，見過各種世面；而且這是你的家，你是這一家的女兒，你可以談談屋裡人的一切。」

「當然可以。」瑪翠．史屈特說。

「你知道，關於調查誰殺死柯遜．葛布蘭森的問題，你可以給我們很大的幫助。」

「但這還有什麼問題呢？誰殺了我哥哥，不是很明顯嗎？」

居里警官身體往後靠。他伸手摸摸那撮整齊的小鬍子。

他說：「噢，我們總得小心辦案。你認為很明顯嗎？」

「當然，就是紀娜那個可怕的美國丈夫，他是此地唯一的陌生人。我們對他一無所知，他說不定是一名可怕的美國強盜。」

「但這不足以證明他殺了柯遜．葛布蘭森吧？他何必殺他呢？」

「因為柯遜發現了他的底細。他才來了不久，又是意外光臨，就是這個原因。」

「你能確定嗎，史屈特太太？」

「我覺得很明顯嘛。大家都以為他來訪和基金會事宜有關，那是胡扯。他上個月才為此來過一趟。此後就沒有重大的事情發生，所以他一定是為私事而來。他上次看到瓦特，也許認出了他；或者他在美國調查他的底細——他在全世界都派有密探——發現了滔天的事實。紀娜是傻丫頭，她一向如此，只有她這種女孩子才會嫁給來路不明的罪犯，或者有婦之夫，或者下層社會的壞人。但是我哥哥柯遜可不好騙。我相信，他來這邊是想解決問題，揭發瓦特的真面目，於是瓦特自然要打死他。」

居里警官給便條上的小貓加上幾把特大號的鬍鬚，同時說道：「是……的。」

「事情一定是如此，你不同意嗎？」

「可能……是的。」警官承認。

「此外還有什麼答案？柯遜沒有仇人。我不懂你們為什麼還不逮捕瓦特？」

「你知道，史屈特太太，我們得有證據。」

「說不定輕輕鬆鬆就能找到證據，只要打電報去美國……」

「噢，是的，我們會調查瓦特．胡德先生，你可以確定這一點。不過在能證明他的動機以前，沒有多少可查的。他有機會，當然……」

「他出去找柯遜，假裝電燈的保險絲斷了。」

「保險絲真的斷了。」

「他可以輕易安排這件事。」

「沒錯。」

「那麼他就有藉口啦。他追到柯遜房裡，開槍打他，然後修好保險絲，趕回大廳。」

「他太太說他回來以後，你們才聽見外面的槍聲。」

「才不呢！紀娜什麼話都說得出來。義大利人從來不說實話，而且她是天主教徒。」

居里警官避開教會的議題。

「你認為他太太與他共謀？」

瑪翠．史屈特遲疑了一會兒。

「不……不，我想沒有。」她似乎為這個想法而感到失望，繼續說：「這大概是動機之一……不讓紀娜知道他的底細。畢竟紀娜是他的衣食父母。」

「而且是大美人。」

「噢，是的。我常說紀娜很好看，義大利常見的典型，當然。不過我認為，瓦特．胡德追求的是鈔票，所以他來這裡，定居在石門莊園。」

「聽說胡德太太很有錢？」

「目前沒有。家父給紀娜的母親和我留下相同數目的財產，不過她歸化丈夫的國籍（我相信現在法律已經改了），經過戰爭，他又是法西斯黨，所以沒留給紀娜多少錢。家母溺愛她，戰爭期間她那美國姨婆范里多夫人也為她花了大把大把鈔票，她要什麼有什麼。不過，瓦特要弄到錢，除非是家母去世、紀娜得到一大筆財產才有可能。」

「你也是，史屈特太太。」

瑪翠．史屈特臉色微微發紅。

「你說得沒錯，我也是。先夫和我一向過得很平靜，除了買書，他很少花錢……他是大學者。我自己的錢本利相生，幾乎已經多出一倍，這對我綽綽有餘了。不過我們可以用錢來行善。獲得任何財物，我都視為是上天的信託基金。」

居里警官故意曲解說：「但不會是委託性的信託基金吧？錢會整個落在你手上。」

「噢，是的……可以這麼說。是的，會完全落在我手上。」

最後一句話的口氣使居里警官猛然抬頭。史屈特太太沒有看他。她兩眼發亮，寬薄的嘴巴泛出勝利的笑容。

居里警官以斟酌的口吻說：「那麼依你看來，當然你有充分的判斷機會，瓦特．胡德先生想要西羅可夫人死後落在紀娜手上那一筆錢。對了，她身體不好，對吧，史屈特太太？」

「家母一向嬌弱。」

「是的。不過嬌弱的人往往和健康的人一樣長壽，甚至比他們更長壽。」

「是的，我想是吧。」

「你沒有發現令堂最近身體很差？」

「她有風溼病。不過人老了總會有毛病。我不同情那些為自然病痛而大驚小怪的人。」

「西羅可夫人會大驚小怪嗎？」

瑪翠．史屈特沉默了一會，終於說：「她自己不會大驚小怪，但大家都為她大驚小怪。我繼父太掛心了。至於貝勒佛小姐，她實在可笑極了。總之，貝勒佛小姐在我們家造成不好的影響。她來此多年，對家母的忠心雖然值得敬佩，卻已多少變成一種負擔。她等於壓制著家母。她管理全家大小事務，包攬了太多工作。我想繼父有時候很氣惱。他若叫她滾蛋，我絕不吃驚。她待人處事不圓滑，一點都不圓滑，男人看著自己的太太完全被一個霸道的女人所控制，一定很懊惱。」

居里警官輕輕點頭。

「我明白了……我明白了……」他若有所思地望著她。「史屈特太太，有件事情我不太懂。瑞斯塔立家那兩兄弟的處境如何？」

「那更是蠢事一樁，他們的父親看中家母的鈔票，和她結婚。兩年後他和一個放蕩的南斯拉夫歌女私奔了。家母心腸軟，居然為這兩兄弟難過。他們放假的時候既然不可能回到那個下賤女人的家，家母遂等於收養了他們。從此他們就賴在這邊了。噢，是的，告訴你，我們這間屋子裡有不少寄生蟲。」

「亞歷．瑞斯塔立有機會殺柯遜．葛布蘭森。他一個人開車，從門房到此地……史蒂夫呢？」

「史蒂夫和我們待在大廳裡。我不認為亞歷．瑞斯塔立有嫌疑。他看來是愈來愈粗野，我想他的生活很不規律，但我覺得他不像殺人凶手。而且，他何必殺我哥哥呢？」

居里警官親切地說：「這便是我們經常回溯的問題，對吧？可能柯遜知道某人的什麼資料，使那個人非殺他不可？」

史屈特太太得意洋洋地說：「沒錯。一定是瓦特．胡德。」

「或者是家中更親近的人。」

瑪翠厲聲說：「你這話什麼意思？」

居里警官慢慢說道：「葛布蘭森來這裡時，似乎很擔心西羅可夫人的健康情況。」

史屈特太太皺皺眉頭。

「因為家母看起來柔弱，男人總是為她大驚小怪。我想她喜歡人家這樣子！否則就是柯遜聽裘麗．貝勒佛亂說。」

「史屈特太太，你不擔心令堂的健康嗎？」

「不，我比較理智些。當然家母年紀不輕了……」

「而且人都免不了一死……」居里警官說，「但是不能提前結束。我們得防止這一著。」

他故意說這種話。瑪翠・史屈特突然生氣了。

「噢，邪門，真邪門！好像沒人在乎這件案子。他們怎麼會在乎呢？我是柯遜唯一的血親。對家母來說，他只是丈夫和前妻生的兒子，早就長大成人。對紀娜而言，他根本沒有血緣關係。但他是我的親哥哥。」

「同父異母的哥哥。」居里警官提示說。

「同父異母的哥哥，沒錯。儘管年齡懸殊，我們都是葛布蘭森的後代。」

居里柔聲說：「是的……是的，我明白你的看法……」

瑪翠・史屈特含淚走出門外。

居里警官看看拉克巡佐。

「她一口咬定是瓦特・胡德，片刻都不接受另有其人的想法。」

「她的看法也許沒錯喔。」

「當然有可能。瓦特很符合，有機會，有動機。他若急需用錢，他太太的外婆就得早點死。於是瓦特下毒害她，柯遜・葛布蘭森看到了，或者輾轉聽到了。是的，這樣講得通。」

他停了半晌又說：「對了，瑪翠・史屈特挺愛錢……她也許不花，卻很愛錢。我不敢確定原因……她也許是守財奴，有守財奴的熱情，要不然就是喜歡鈔票所帶來的權威。用錢行善，也許吧？她是葛布蘭森家的一員，大概想模仿她父親。」

「戀父情結，對吧？」拉克巡佐說著搔搔腦袋。

居里警官說：「我們還是見見神經有毛病的年輕人羅生先生，然後到大廳研究每個人的位置、可能情況和說法，以及確切的時間……今天早上我們聽到一兩則有趣的資料。」

§

居里警官暗想，經由別人的話來評估某人，確實不容易。

那天早上很多人描述過艾戈．羅生，但是現在望著他，居里對他的印象卻完全不同。

他覺得艾戈並不「古怪」、「危險」，或者「自大」甚至「不正常」。他像一個非常普通的男子，很沮喪，處境卑微，簡直像猶利亞．希普（聖經中的人物，被大衛王設計戰死沙場，以占其妻）。他看來年輕又平凡，可憐兮兮。

他一心想開口道歉。

「我曉得我犯了大錯。我不知道自己中了什麼邪，真的不知道。弄出那種場面，惹出那麼大的亂子……還真的開槍，居然去打西羅可先生。他對我一向很仁慈，很有耐心。」

他緊張兮兮扭動雙手……一雙骨瘦如柴的粗手。

「你們若要抓我，我馬上跟你們去。我活該，我會認罪。」

居里警官乾乾脆脆地說：「沒人控告你，我們沒有起訴的證據。照西羅可先生的證詞，開槍是意外。」

「那是因為他太好了。世上沒有一個人像西羅可先生那麼好！他為我盡了一切力量，我卻如此報答他。」

「你怎麼會做出那種傻事呢？」

艾戈顯得很尷尬。

「我作踐了自己。」

居里警官冷靜地說：「似乎如此。你當著目擊者的面告訴西羅可先生，你發現他是你父親。這話是不是真的？」

「不，不是。」

「你怎麼會起這個念頭？是不是有人暗示你？」

「噢，這很難解釋。」

居里警官體貼地望著他，然後和和氣氣地說：「你試試看吧，我們不想為難你。」

「你知道，我小時候受了不少罪。別的小孩都譏笑我，說我沒有爸爸，說我是小私生子……當然我正是。媽老是酗酒，經常帶男人回家。我相信我父親是個外國水手。我家裡總是髒兮兮的，叫人受不了。那時候我就想，如果我爸不是外國水手，而是重要人物就好了……我常捏造一兩件事實。起先是小孩子的胡言亂語……出生的時候換錯啦、其實是大人物的合法繼承人啦。然後我轉學到一所新學校，又試了幾回，說我爸其實是海軍上將。最後連我自己也漸漸相信了。我覺得那種感覺還不壞。」

他停了半晌，繼續往下說：「然後，後來……我想到別的主意。我去住旅館，編出不少可笑的傻故事，說我是飛行員，或者在軍事情報處工作等等……結果把一切都搞混了，我似乎沒有辦法不說謊。

「但我不是存心騙錢，只是吹吹牛，讓人家看得起我，我並不想騙人。西羅可先生會告訴你，還有梅夫里醫生，他們手邊有我全部的資料。」

居里警官點點頭。他已經查過艾戈的病歷和警方紀錄。

「最後西羅可先生帶我到了這裡。他說他需要一個祕書幫忙……我確實幫了他的忙！真的。只是別人都嘲笑我，他們老是嘲笑我。」

「哪些人？西羅可夫人嗎？」

「不，西羅可夫人不會。她是個淑女，始終溫文和善。但是紀娜視我如糞土，還有史蒂夫・瑞斯塔立。史屈特太太也看不起我，嫌我不是紳士。貝勒佛小姐也一樣……她算什麼？她也只是花錢雇來的女伴，對吧？」

居里看得出他愈來愈激動。

「你覺得他們沒有同情心？」

艾戈衝動地說：「怪只怪我是個私生子。我若有個體面的父親，他們就不會這樣了。」

「於是你捏造了一兩個出名的父親？」

艾戈滿面通紅。

「我老是改不了說謊的毛病。」他低聲說。

「最後你竟說西羅可先生是你父親。為什麼？」

「因為這麼一來，他們就不會嘲笑我了，對吧？他若是我父親，他們一定不敢碰我一根汗毛！」

「是的。不過你指控他是你的仇敵，說他迫害你。」

「我知道……」他搓搓前額。「我完全搞錯了。有時候我……我的想法不見得正確，我昏頭昏腦了。」

「手槍是你到瓦特．胡德先生的房裡拿來的？」

艾戈顯得很困惑。

「真的嗎？我是由那邊拿來的？」

「你不記得是哪裡拿的？」

艾戈說：「我打算拿槍威脅西羅可先生，打算嚇嚇他……當然只是小孩子的把戲。」

居里警官耐心問道：「你怎麼弄到那把手槍的？」

「你剛才說……是瓦特房裡拿來的。」

「現在你想起來了？」

「一定是從他房裡拿的。不可能有別的方式吧？」

居里警官說：「我不知道。說不定是有人……交給你？」

艾戈不說話，面無表情。

「事情的經過是不是如此？」

艾戈激動地說：「我不記得了，我情緒激昂，氣沖沖地在花園裡走來走去，我以為有人在查探我、監視我、想害我。連那個好心的白髮老太太……現在我已經沒辦法一一搞清楚。我想我大概瘋了，想不起我在什麼地方幹過什麼事。」

「你一定記得誰告訴你西羅可先生是你父親吧？」

艾戈臉上又一片茫然，繃著臉說：「沒人告訴我，我是突然想到的。」

居里警官嘆了一口氣。他不太滿意，但是他判斷目前不可能有更大的進展。

「好吧，以後行事要當心。」他說。

「是的，先生。是的，我會當心。」

艾戈走了以後，居里警官緩緩搖頭。

「這些病患真是要命！」

「警官，你認為他瘋了嗎？」

「比我想像中要輕微得多了。低能、吹牛、說謊……卻相當單純。我想他很容易接受暗示……」

「你認為有人向他暗示什麼？」

「噢，是的，瑪波小姐說得沒錯。她是個精明的老太太。不過我想查出是誰，他卻不肯說。只要我們知道這一點……走吧，拉克，我們到大廳徹底重溫當時的場面。」

§

「這樣很合適。」

居里警官坐在鋼琴前。拉克巡佐坐在窗邊的一張椅子上，俯視外面的湖水。

居里繼續往下說：「我若在琴凳上半面轉身，望著辦公室門口，我不可能看見你。」

拉克巡佐輕輕站起來，悄然穿過圖書室的房門。

「大廳這一頭很暗，未熄的電燈都在辦公室門口旁邊。不，拉克，我看不見你走動。一到圖書室，你可以由另外一道門跨上走廊，跑到橡木套房，射死葛布蘭森，再由圖書室回到窗邊的座位，這只需花兩分鐘。

「壁爐邊的女人背對著你。西羅可夫人坐在這兒，壁爐右側，靠近辦公室門口。每個人都確定她沒有移動，她是唯一在筆直視線中的人。瑪波小姐在這兒，她隔著西羅可夫人盯著辦公室。史屈特太太在壁爐左側，靠近大廳往走廊的門口，那個角落很暗。她可以溜出去再回來。是的，有可能。」

「我也可以出去。」他溜下琴凳，貼牆走出門外。「會發現我不在琴邊的人，只有紀娜．胡德一個。你還記得紀娜的話吧……『起先史蒂夫坐在鋼琴前。後來我就不知道他在哪裡了。』」

「那麼你認為是史蒂夫囉？」

居里警官說：「我不知道是誰。不會是艾戈．羅生、路易斯．西羅可、西羅可夫人或珍．瑪波小姐。至於其他人嘛……」他嘆了一口氣。「說不定是那個美國人。保險絲燒斷未免太巧了，真夠巧。你知道，我挺中意那小子。不過，這不算證據。」

他仔細看看鋼琴邊的琴譜。

「亨德密特？他是誰呀，從來沒聽過。蕭士塔高維契！這些人的名字真怪。」

他站起來，然後俯視落伍的琴凳，掀開上面的蓋子。

「全都是老古董。韓德爾的慢板，徹爾尼的練習曲。大都可追溯到老葛布蘭森的時代。〈我知道一處可愛的花園〉，我小時候，教區牧師的太太常唱這首歌……」

他突然住口……手上捏著發黃的幾首歌曲。下面那本蕭邦的〈前奏曲〉上，竟藏著一把自動小手槍。

「史蒂夫．瑞斯塔立！」拉克巡佐興奮得大喊。

居里警官警告他。

「別妄下結論。十之八九是有人故意要我們做如此想。」

15

瑪波小姐爬上樓梯，輕輕敲了西羅可夫人臥室的房門。

「我能不能進來，凱莉・勞思？」

「當然可以，珍。」

凱莉・勞思坐在梳妝檯前面，正在刷她那頭銀白色的秀髮。她回過頭來。

「是不是警察？我再過一兩分鐘就準備好了。」

「你沒有不舒服吧？」

「是的，當然。裘麗堅持要我在床上吃早餐；紀娜躡手躡腳端進來，彷彿我就在死神門前似的！柯遜去世這種悲劇，對老人家的打擊反而比較輕，我想大家都沒看出這一點。因為人老了就知道，什麼事情都有可能發生，世上的一切其實都算不了什麼。」

「是……的。」瑪波小姐半信半疑地說。

「珍，你沒有同感嗎？我以為你和我一樣哩。」

瑪波小姐慢慢地說：「柯遜是被人謀殺的。」

「是的，我明白你的意思。你認為這有差別嗎？」

「難道你不認為？」

凱莉．勞思說：「對柯遜沒差別；對殺他的人當然有。」

「你知不知道誰殺了他？」

西羅可夫人一臉困惑地搖搖頭。

「不，我完全想不出來，甚至想不出理由何在。一定和他上次來訪有關……那是一個多月以前，否則我想他不會無緣無故又突然來訪。無論是什麼原因，一定是那個時候就開始了。我一想再想，卻想不起什麼特別的事端。」

「當時屋裡有哪些人？」

「哦，和現在差不多……沒錯，當時亞歷由倫敦趕來；還有……噢，對了，我姐姐露絲也來了。」

「露絲？」

「她的定期越洋訪問。」

「露絲。」

瑪波小姐說，腦子打轉起來。柯遜．葛布蘭森和露絲？露絲憂心忡忡離去，卻說不出理由。露絲只說「有點不對勁」。柯遜．葛布蘭森也憂心忡忡，但是他知道或懷疑到露絲所不知道的事情。他知道或懷疑有人要毒害凱莉．勞思。柯遜．葛布蘭森怎麼會起疑的呢？他看到或聽到了什麼？露絲是不是也看到或聽到了，只是不了解真正的含義？瑪波小姐但願自己知道是什麼。她依稀感覺和艾戈．羅生有關，但又好像不可能，因為露絲根本沒提到他。

她嘆了一口氣。

凱莉．勞思說：「你們都有事瞞著我，對吧？」

她以平靜的嗓音說出來，瑪波小姐嚇了一跳。

「你為什麼說這種話呢？」

「因為你們有事相瞞。裘麗沒有，可是其他人都有，連路易斯也是。我吃早餐的時候，他走進來，行動很古怪。他試喝我的咖啡，甚至試一口吐司麵包和果醬。很反常，他一向喝茶，而且不喜歡果醬，所以他一定心裡有事……我想他一定忘記吃早餐了。他常常忘記吃三餐什麼的，他顯得很擔憂，心事重重。」

「發生了謀殺案……」瑪波小姐說。

凱莉．勞思連忙說：「噢，我知道，這件事很可怕，我從來沒有碰過這種事。你有碰過吧，珍？」

「嗯，有，我是碰過。」瑪波小姐承認道。

「露絲告訴我了。」

「是不是上次來的時候說的？」瑪波小姐好奇地問她。

「不，我想不是那一次。我記不清了。」

凱莉．勞思說話含含糊糊，有點心不在焉。

「你在想什麼，凱莉．勞思？」

西羅可夫人微微一笑，似乎由冥想中回到現實。

「我在想你說紀娜還有史蒂夫的那回事。你知道，紀娜是個好女孩，而且她真心愛瓦特，我敢確定這一點。」

瑪波小姐沒有答腔。

西羅可夫人以幾近辯護的口吻說：「紀娜這種女孩喜歡撒撒野。她們年輕，喜歡感受自己的魅力，這其實很自然。我知道瓦特．胡德不是我們心目中紀娜的理想佳婿，若照正常情況，她不可能遇見他。但是她碰上他，而且愛上他了……她自己的事情，大概她最清楚。」

「也許吧。」瑪波小姐說。

「不過紀娜的幸福很重要。」

瑪波小姐好奇地看看老朋友。

「我想每個人的幸福都很重要。」

「噢，是的，不過紀娜的情形很特殊。我們領養她的母親——領養琵琶的時候——覺得這是一項實驗，非成功不可。你知道，琵琶的生母……」凱莉．勞思停下來。

瑪波小姐說：「琵琶的母親是誰？」

凱莉．勞思說：「艾利克和我都同意不告訴任何人。她自己始終不知道。」

「我想聽聽。」瑪波小姐說。

西羅可夫人半信半疑地望著她。

瑪波小姐說：「不只是好奇，我真的……噢，有必要知道。你知道，我能守口如瓶。」

凱莉．勞思露出追憶的笑容說：「珍，你一向很能保密。卡布萊博士……他現在是克羅米主教了，他也知道。此外就沒有別人知道了。琵琶的生母是凱薩琳．愛斯華斯。」

「愛斯華斯？不就是用砒霜毒死她丈夫的那個女人嗎？這案子轟動一時。」

「是的。」

「她被處絞刑了？」

「是的。不過你知道，不見得是她下手的。她丈夫平常就有吃砒霜的習慣，當時的人不太懂這些事情。」

「她浸泡蒼蠅紙。」

「我們總覺得，那個女傭的證詞懷有惡意。」

「琵琶是她的女兒？」

「是的。艾利克和我決定帶給她嶄新的生活，給予愛心、關懷和孩子需要的一切。我們成功了，琵琶呈現出……天然本色，是世上最甜蜜、最快樂的可人兒。」

瑪波小姐沉默了好一段時間。

凱莉·勞思由梳妝檯邊轉過身子。

「現在我準備好了，麻煩你請警官到我的客廳來。我想他不會介意吧。」

§

居里警官毫不介意。其實他樂得有機會在西羅可夫人的小天地裡見見她。

他站在那邊候駕，眼睛好奇地打量四周。那和他想像中的「富婆閨房」不一樣。

屋內有一張老式的躺椅和幾把看起來不太舒服的維多利亞式曲背木椅。印花棉布舊了，也褪色了，不過花樣是迷人的水晶宮圖案。這是這棟建築中算來比較小的房間，卻比大多數現代住宅中的客廳還要大；放上一堆小茶几、古董和照片，看起來挺愜意的，不會覺得擁擠。居里警官端詳著一張兩個小女孩合影的照片，其中一位黝黑而活潑，另外一位則相貌醜陋，蓄著厚厚的劉海，繃著臉看人。今天早上他已經領教過這副表情了。照片上寫著「琵琶和瑪翠合影」。牆上掛著艾利克．葛布蘭森的遺照，鑲有金邊和厚厚的黑檀木鏡框。居里警官發現一張瞇眼含笑的美男子照片，他猜是強尼．瑞斯塔立。這時候門開了，西羅可夫人走進來。

她穿著黑衣，一襲輕飄飄的透明黑衫。在滿頭銀絲下，白裡透紅的小臉顯得格外纖細，她有一種柔弱的氣質，霎時引起居里警官的注意。他立刻明白了那天早上他大惑不解的問題，他明白大家為何凡事都盡量顧全凱洛琳．勞思．西羅可。

但是他暗想，她不是愛大驚小怪的人……

她和他打招呼，請他坐下，又搬了一張椅子坐在他附近。他想叫她安心，卻反而是她在安撫他。他開始發問，她立刻回答，毫不猶豫。燈熄了，艾戈．羅生和她丈夫吵架，他們聽到槍聲……

「你不覺得槍聲是在屋裡發出的？」

「不，我認為是外面傳來的，我想大概是汽車逆燃。」

「你丈夫和羅生在辦公室爭吵的時候，你有沒有注意到誰離開大廳？」

「瓦特已經去修電燈了。貝勒佛小姐過後不久也出去……找東西，不過我不記得是去找什麼。」

「還有誰離開大廳？」

「就我所知，沒有。」

「西羅可夫人，如果有，你會知道嗎？」

她想了一會。

「不，我想我不會知道。」

「你專心注意辦公室裡的動靜？」

「是的。」

「你擔心那邊會出事？」

「不，不，不能這樣說，我不覺得真會出事。」

「但是羅生拿著一把手槍吧？」

「是的。」

「而且用來威脅你丈夫？」

「是的，但他沒有惡意。」

居里警官對這句話照例有點生氣。原來她也和這些人一樣！

「西羅可夫人，這你不能確定呀。」

「噢，我可以確定，我是指在我心裡。年輕人喜歡……怎麼說來著，虛張聲勢？那就是我的感覺。艾戈還像小孩子，他誇張，傻氣，幻想自己是個勇敢的悲劇人物，把自己當作傳奇故事中命運不濟的英雄。我確定他絕不會開槍。」

「但是他開槍了，西羅可夫人。」

凱莉．勞思一笑。

「我想是意外走火。」

居里警官的憤怒又湧上心頭。

「不是意外。羅生開了兩槍，正對你丈夫發射，子彈差點打中他。」

凱莉．勞思顯得很驚訝，然後一臉肅容。

「我簡直不敢相信。噢，當然……」她連忙往下說，阻止警官的抗議。「你若這麼說，當然我只得相信。不過我還是覺得一定有更簡單的解釋。也許梅夫里醫生可以解釋給我聽。」

居里警官凶巴巴地說：「噢，當然，梅夫里醫生一定會好好解釋，梅夫里醫生能解釋一切，我相信這一點。」

沒想到西羅可夫人竟說：「我知道我們這邊的許多作為，你都覺得愚蠢而不切實際，而且有時候精神治療師也相當煩躁。不過你知道，我們確實有一些成果。我們有過失敗，卻也曾有成功的例子，我們嘗試的工作值得一搏。說來你也許不相信，艾戈深深敬愛外子，他傻里傻氣說路易斯是他生父，是因為他很希望有一個路易斯這樣的父親。但我不懂他為什麼突然暴烈起來。他最近好多了，可以說相當正常。說真的，我總覺得他很正常。」

對這點警官未做反辯。

「艾戈．羅生拿的是你外孫婿的手槍。羅生可能是從瓦特．胡德房裡拿來的。現在請你告訴我，你以前有沒有見過這個武器？」

他手掌上攤著那把自動小手槍。

凱莉．勞思看一看。

「不，我想沒有。」

「我在琴凳裡面找到的，最近剛剛發射過。我們還沒有時間詳細檢查，不過我敢說，葛布蘭森先生一定是被這把槍打死的。」

她皺皺眉頭。

「你在琴凳裡面找到的？」

「在一堆很舊很舊的樂譜下面。我想那些曲子很多年沒人彈過了。」

「那麼是故意藏在那裡的囉？」

「是的。你記得昨天晚上誰坐在鋼琴前？」

「史蒂夫．瑞斯塔立。」

「他在彈琴？」

「是的，輕輕彈，是一首好玩的憂鬱小調。」

「他什麼時候停下來，西羅可夫人？」

「什麼時候停下來？我不知道。」

「但是他確實停下來了吧？吵鬧期間，他沒有繼續彈吧？」

「沒有，琴聲是漸漸停止的。」

「他有沒有離開琴凳？」

「我不知道，我不曉得他都在幹什麼。直到他走近辦公室房門，將鑰匙插進鎖孔，我才注意到他。」

「你能不能想個史蒂夫．瑞斯塔立槍殺葛布蘭森先生的理由？」

她若有所思地說：「一個都想不出來。我不相信是他殺的。」

「葛布蘭森也許發現了他一些不名譽的事。」

「我覺得不可能。」

居里警官真想說：「豬就算會飛，也不可能變成小鳥。」這是他祖母很愛說的名言。他想，瑪波小姐一定知道。

§

凱莉．勞思走下寬闊的樓梯，有三個人從不同的方向……紀娜由長廊，瑪波小姐從圖書室，裘麗．貝勒佛從大廳……湧上來。

紀娜先開口，她熱情地叫道：「外婆！你還好吧？他們沒有威嚇你或嚴詞拷問吧？」

「當然沒有，紀娜，你胡思亂想些什麼？居里警官很風趣，而且相當體貼。」

貝勒佛小姐說：「他本來就該這樣。喏，凱拉，我把你的信都拿來了，還有一個包裹。我正想拿上去給你。」

「拿到圖書室吧。」凱莉．勞思說。

四個人走進圖書室。

凱莉．勞思坐下來拆信，大約有二、三十封。

她拆閱以後，交給貝勒佛小姐分成幾堆，貝勒佛小姐邊分邊向瑪波小姐解釋：「分為三大類。一是少年犯的親友寄來的，這些我交給梅夫里醫生。乞求的信件我親自處理。其他的是私人信函，由凱拉交代處理方法。」

信件弄完以後，西羅可夫人轉而注意那個包裹，用剪刀拆剪包裝繩。整齊的包裝下露出一個漂亮的巧克力盒，上面綁著金緞帶。

她解開緞帶，打開盒子，裡面有一張名片。凱莉・勞思訝然看看名片的內容。

「『亞歷獻贈』，」她唸出來。「他真奇怪，人要來這裡，還寄一盒巧克力來。」

瑪波小姐心裡很不安。

她連忙說：「等一下，凱莉・勞思，先別吃。」

西羅可夫人顯得有點驚訝。

「我正要分給大家哩。」

「噢，不要，等我問問……紀娜，亞歷在不在屋裡？」

紀娜連忙說：「亞歷剛才好像在大廳。」

她走過去，開門叫他。

過了一會，亞歷・瑞斯塔立出現在門口。

「親愛的聖母！你起來啦？病情沒有惡化吧？」

他走到西羅可夫人身邊，輕輕吻她的雙頰。

瑪波小姐說：「凱莉・勞思要謝謝你送她巧克力。」

亞歷一臉驚訝。

「什麼巧克力？」

「這些巧克力是……」凱莉・勞思說。

「但是我沒寄巧克力給你呀。」

「盒子裡有你的名片。」貝勒佛小姐說。

亞歷向下一看。

「是啊，真奇怪，好奇怪喲……我真的沒寄。」

「此事非比尋常。」貝勒佛小聲說。

紀娜看看盒子內部。

「看起來好吃極了。外婆，你看，中間有你最愛吃的櫻桃酒巧克力。」

瑪波小姐輕輕把巧克力拿開。她一語不發，拿出去找路易斯．西羅可。這可花了不少時間，因為他到學院去了。她在梅夫里醫生的房間裡找到他，將盒子放在他面前的茶几上。他聆聽她簡潔的報告，臉色突然一凜。

他和醫生將巧克力一片一片拿起來仔細檢查。

梅夫里醫生說：「我想我打開的這幾片一定動過手腳了，你看，下側的巧克力塗料不平均。該找人化驗。」

瑪波小姐說：「簡直不可思議，嗯，屋裡的每個人都有中毒的可能！」

路易斯點點頭，他的臉色仍然白慘慘、冷冰冰。

「是的。真無情，不顧……」他突然住口。「事實上，我想這些特殊的巧克力都有櫻桃酒的氣息，這是凱洛琳最喜歡的口味。所以，你知道，行凶的人對一切瞭如指掌。」

瑪波小姐連忙說：「你若懷疑這些巧克力含有……毒藥，那麼凱莉．勞思恐怕有必要知道實情。我們得提醒她當心。」

路易斯．西羅可沉重地說：「是的，她必須知道有人想要害她。我想她一定覺得難以置信。」

16

「喂，小姐。真的有人陰謀下毒嗎？」

紀娜掠掠頭上的秀髮，聽到這聲沙啞的悄悄話，不禁跳起來。她臉上沾了油漆，長褲也沾了油漆。她和精挑的助手們正忙著為下一齣戲繪製尼羅河落日的布景。

問題是一位助手提出的。厄尼，教過她開鎖絕技的少年。厄尼對舞台木工也很在行，他是最熱心的舞台助手之一。

現在他兩眼發光，眼神充滿期盼。

「你怎麼會起這種怪念頭？」紀娜氣沖沖問道。

厄尼閉起一隻眼睛。

「全宿舍都知道。不過小姐，你聽著：不是我們，我們不幹這種事，沒有人會對西羅可夫人下毒，連詹金斯都不會用棍子打她。若是那個老娼婦就不同了，我會狠狠毒死她。」

「別這麼批評貝勒佛小姐。」

「抱歉，小姐，脫口而出，控制不住嘛。是什麼毒藥，小姐？是不是史屈克林？害人駝背、死得很痛苦……這是真的。還是氫氰酸？」

「厄尼，我不知道你在胡說些什麼。」

厄尼又眨眨眼。

「你不知道才怪。聽說是亞歷先生幹的。由倫敦買巧克力送給他們。不過這不是真的。亞歷先生不會做這種事情吧，小姐？」

「當然不會。」紀娜說。

「賓包姆老師倒是有可能。他給我們上體育課的時候，臉色好可怕，唐和我都覺得他像瘋子。」

「把松節油拿開。」

厄尼遵命行事，自言自語說：「這裡是怎麼搞的！昨天老葛布蘭森被幹掉，現在又有人祕密下毒。你想是不是同一個人幹的，小姐？如果說我知道是誰幹的，你相不相信？」

「你不可能知道什麼。」

「哦，不可能嗎？如果我昨天晚上在外面看到了某個祕密呢？」

「你怎麼能出去？七點點名以後，學院就上鎖了。」

「點名……小姐，我若想出去，隨時能出去。鎖對我算不了什麼。出去散步溜達，對我而言是輕鬆自如，真的。」

紀娜說：「厄尼，我希望你別再說謊。」

「誰說謊？」

「你呀。你說謊，吹噓自己根本沒幹過的事。」

「小姐，這是你說的。你等著瞧，警察會來問我昨天看到什麼。」

「好吧，你看到什麼？」

厄尼說：「啊，你真想知道嗎？」

紀娜直催他，他故意賣關子。史蒂夫由戲院另一邊走過來，和紀娜一起工作。他們討論各種技巧上的問題，然後並肩回家。

紀娜說：「他們好像都知道外婆和巧克力的事情，我是指那些少年犯。他們怎麼會知道呢？」

「我想是謠傳吧。」

「他們還知道有亞歷的名片。史蒂夫，亞歷人在這兒，在盒子裡放他的名片也未免太傻了。」

「是啊，不過誰知道他要來呢？他臨時決定要來，而且拍了一封電報。也許巧克力早就寄出了。他若沒來，放一張他的名片，是個很好的做法。因為他確實偶爾會寄巧克力給西羅可夫人。」他慢慢往下說：「我只是不懂……」

紀娜插嘴說：「為什麼有人想毒害外婆。我知道，簡直難以想像！她這麼可愛，而且人人都敬愛她。」

史蒂夫沒答腔。紀娜用力看了他一眼。

「史蒂夫，我知道你在想什麼！」

「我懷疑。」

「你是認為瓦特……並不敬愛她。但瓦特不會下毒，這個念頭太可笑了。」

「好忠貞的妻子！」

「別用嘲笑的口吻說這種話。」

「我無心嘲笑你，我認為你很忠貞，我佩服你這一點。不過紀娜，你知道，你不可能維持下去。」

「你這話什麼意思，史蒂夫？」

「你明明知道我的意思。你和瓦特不相配，行不通的，他也知道，裂痕遲早要產生。到那一天，你們都會比現在幸福多了。」

紀娜說：「別說傻話。」

史蒂夫大笑。

「少來了，你不能老是假裝你們相配，或者瓦特在這邊很幸福吧。」

紀娜大聲說道：「噢，我不知道他是怎麼回事。他整天繃著臉，難得開口說話。我……我不知道怎麼待他才好。他在這邊為什麼不能快活過日子呢？我們曾經過得很有趣，樣樣都好玩，但現在他好像變了一個人。人怎麼會變得那麼厲害呢？」

「我變了沒有？」

「不，史蒂夫，你永遠是史蒂夫。你記不記得以前假日我常跟著你打轉？」

「那時候我覺得你好煩人，討厭的小鬼紀娜。好啦，現在情勢倒轉了。若你要找我，我隨時在你身邊，不是嗎，紀娜？」

紀娜連忙說：「傻頭傻腦。」她匆匆說下去：「你想厄尼是不是說謊？他假稱昨天晚上在濃霧中遊蕩，暗示說他知道謀殺案的某些內情。你想那可不可能是真話？」

「真話？當然不是。你知道他最愛吹牛，增加自己的重要性。」

「噢，我知道。我只是懷疑……」

他們並肩默默往前走。

§

落日染紅了建築的西側。居里警官面向屋子。

「昨天晚上你的汽車就停在這附近吧？」他問道。

亞歷．瑞斯塔立退後幾步站好，彷彿仔細思量。

「差不多。因為有濃霧，很難確認。是的，我想是這個地方。」

居里警官以讚許的眼神四處張望。

沙石彎道緩緩繞上來，到了這個地點，房屋的西側突然由石南屏障中浮現，有露台、水松樹籬和通往草地的石階。然後車道繼續蜿蜒，穿過一片樹林，環繞湖水和房屋，終於在房屋東側的大沙石彎路達到終點。

「竇吉……」居里警官說。

隨時待命的竇吉警官開始行動了。他斜穿過中間草地，奔向房屋，由露台的側門進去。過了一會，一扇窗戶的遮簾猛搖個不停。然後竇吉警官又從園門走出來，跑回他們身邊，氣喘如牛。

「兩分四十二秒，」居里警官按下計時碼錶。「做這些事情用不了多少時間，對吧？」

他的語氣很快活。

亞歷說：「我跑步沒有你們警官那麼快。我猜你是在計算我假設性的行動吧？」

「我只是指出你有機會下手殺人，如此而已，瑞斯塔立先生。我沒有指控誰……還沒有。」

亞歷．瑞斯塔立對著仍在喘氣的竇吉警官說：「我跑得沒有你快，不過我相信我的訓練比較好。」

「我去年冬天患了支氣管炎，才這麼不中用。」竇吉說。

亞歷轉向居里警官。

「說真的，你們雖然想讓我不安、觀察我的反應……你們該記得，我們學藝術的人很敏感、很柔弱！」他語含譏誚。「但你不會真的認為我有嫌疑吧？我不會寄一盒有毒的巧克力給西羅可夫人，又放名片進去，對吧？」

「說不定有人存心要我們這樣想。瑞斯塔立先生，世上有所謂的雙重騙術。」

「噢，我明白了，你真精明。對了，那些巧克力有毒嗎？」

「頂層那六片櫻桃酒口味的巧克力有毒，是的，含有烏頭鹼。」

「警官，那可不是我喜歡的毒藥。我個人較鍾情於南美土人的箭毒。」

「瑞斯塔立先生，箭毒是注進血液，不是吃進胃裡。」

「警察的學識真了不起。」亞歷讚佩說。

居里警官靜靜地斜睨了他一眼。他注意到此人微尖的耳朵，非英國式的蒙古型面孔，一雙頑皮嘲諷的眼睛。很難知道亞歷・瑞斯塔立腦子裡在打什麼主意。他是性喜漁色的羊男[6]……還是方恩[7]才對？居里警官突然覺得，他應該是一位營養過盛的方恩，總之這個念頭令人有點不快。

一個有腦筋的撒謊家，這是他對亞歷・瑞斯塔立的整體印象，看起來比他弟弟聰明。聽說他母親是俄國人之類的。俄國人在居里警官心目中的印象，和十九世紀初期的波希米亞人及二十世紀初期的匈牙利人差不多，凡是和俄國有關的東西，居里警官的印象都很壞，如果是亞歷・瑞斯塔立殺了葛布蘭森，那倒真是個令人滿意的罪犯。不過，居里根本不相信是他殺的。

竇吉警官的呼吸恢復正常，現在開口了。

「警官，我遵照指示移動窗簾，再數三十下。我發現窗簾頂上有個鉤子掉了。可是窗簾有縫隙，從外面可以看到屋裡的燈光。」

居里警官說：「昨天晚上你有沒有發現那扇窗子的燈光流瀉出來？」

「我說過了，霧太濃，根本看不見房子。」

「不過霧是一團一團的，有時候會零零落落散開一會兒。」

「我一直看不見房屋……我是說主體部分。近處的體育館在濃霧中依稀聳現，活像碼頭的棧房。我說過，我正要演出一齣石灰屋的舞台劇……」

「你說過了。」居里警官附和說。

「你知道，有人習慣由舞台的觀點來看東西，而不從現實觀點。」

「也許吧。但是舞台布景也很真實，對吧，瑞斯塔立先生？」

「警官，我不懂你的意思。」

「布景是用真材實料做的，帆布啦，木頭啦，油漆和紙板啦，幻象只在觀眾眼裡，布景本身並不虛幻。我說過，布景很真實，台前台後都是真的。」

亞歷瞪著他。

「警官，你知道，這是非常深刻的說法。你給了我一個新概念。」

「又想起一齣新戲？」

「不，不是新戲……老天，不知道我們是不是都太笨了？」

居里警官和竇吉警官由草地回到屋裡（亞歷暗想他們在找腳印。不過他猜錯了。那天一

6 羊男（satyr）是希臘神話中的森林牧神一族，他們上半身是人，下半身是羊，熱愛並守護著大自然。

7 方恩（faun），羅馬神話裡的半人半羊，相當於希臘神話裡的羊男。

大早他們就查過腳印，沒有什麼成績，因為凌晨兩點下過一場大雨）。亞歷慢慢順著彎道走，心中斟酌著新概念的各種可能性。

不過，一看到紀娜在湖邊小徑漫步，他的思潮就打斷了。房子建在一處小丘上，地面由前彎道慢慢斜向湖邊，湖畔長滿石南和其他灌木。亞歷奔下沙礫層去找紀娜。

他雙眼直打轉說：「如果能塗黑那個荒謬的維多利亞怪物，這裡可以當作絕佳的天鵝湖，由你紀娜來演天鵝湖少女。仔細想想，你更像雪后……殘忍、一意孤行、一點同情心都沒有。你真有女人味，紀娜。」

「你好惡毒，亞歷！」

「就因為我不肯上當？你對自己很得意，對吧，紀娜？你要找我們，我們都隨時待命。我、史蒂夫和你那位單純的大塊頭丈夫。」

「你胡扯。」

「噢，不，我沒有。史蒂夫愛上你了，我愛上你了，瓦特簡直可憐兮兮。女人還能奢求什麼？」

紀娜望著他大笑。

亞歷猛點頭。

「我很高興知道你還有一點誠實的本性。這是你身上的拉丁血統使然。你不費心作假，假裝你不吸引男人；假裝他們看上你，你很遺憾。你喜歡男人愛上你，對吧，殘忍的紀娜？連可憐的小艾戈．羅生都不例外！」

紀娜一直盯著他。她用安詳而嚴肅的口吻說：「你知道，好花不常開，女人在世間所受的苦楚比男人深刻多了。她們比較脆弱。她們生育小孩，她們為孩子操心，等到人老珠黃，她們所愛的男人就變心了。她們遭到欺騙、遺棄、被人甩在一旁。我不怪男人，我自己也一樣。我不喜歡老、醜、生病、哭哭啼啼的人，或者像艾戈那麼可笑的人，整天裝模作樣，假裝自己重要又有為。你說我殘酷？這是殘酷的世界呀！世人遲早會以殘酷的態度來對付我！但是現在我年輕漂亮，大家都說我迷人。」她滿面笑容，露出美麗的牙齒。「是的，亞歷，我喜歡；我怎麼不喜歡呢？」

亞歷說：「是啊。我只想問你做何打算。你要嫁給史蒂夫還是嫁給我？」

「我已經嫁給瓦特了。」

「暫時如此。每個女人都會結錯一次婚……但是用不著堅守不放。在鄉村試過身手，現在該到倫敦西區一展長才了。」

「倫敦西區就是指你？」

「當然。」

「你真的想娶我？我想像不出你婚後的樣子。」

「我堅持要結婚。我總覺得，偷情太落伍了。護照很難辦，住旅館也不容易。除非對方硬不肯結婚，否則我絕不養情婦！」

紀娜的笑聲清脆悅耳。

「亞歷，你真會逗人。」

「這是我最大的長處。史蒂夫比我好看多了，他非常英俊，而且很熱情，女人都愛這一點。不過家居生活弄得太熱情就很累人了。紀娜，跟我在一起，你會覺得生活很有趣。」

「你不說你瘋狂愛上我了？」

「就算是真的，我也不說。我如果說了，你就添一分氣焰，我則矮了一截。不，我只想中規中矩地向你求婚。」

「我得考慮考慮。」紀娜微笑說。

「當然，何況你得先解除瓦特的困境。我真同情瓦特，娶了你，被你拖進這個沉悶的博愛主義家庭，他一定很痛苦。」

「亞歷，你真是禽獸！」

「一頭明智的野獸。」

紀娜說：「有時候我覺得瓦特根本不愛我，他就是不理我。」

「你用棍子去攪他，他居然沒反應？惱煞人也。」

紀娜突然伸手，用力打了亞歷一個耳光。

他以敏捷的動作將她摟進懷中，她還來不及抵抗，他就印上長長的熱吻。她掙扎了一會，終於放鬆了。

「紀娜！」

他們連忙分開。

瑪翠・史屈特滿面通紅，嘴唇發抖，氣沖沖地看著他們。她言辭凜然，他們一時說不出話來。

「噁心，噁心，你這放蕩的賤丫頭……你和你媽一模一樣……你是壞人……我就知道你是壞人。無恥，你不但是淫婦……你還是凶手。噢，是的，你是，我清楚得很！」

「你知道什麼？別那麼可笑，瑪翠阿姨。」

「感謝上帝，我不是你的親阿姨，不是你的血親。你甚至不知道你媽是誰，出身何處！但是你總知道我父親和母親的作風吧。你想他們會領養哪一種兒童？可能是犯人的孩子或妓女的私生子！他們就是這樣。他們應該知道血統瞞不了人。不過你會下毒大概是義大利血統的關係吧。」

「你竟敢說這種話？」

「我愛說什麼就說什麼。你總不能否認有人要毒死我母親吧？誰最有可能？母親死了，誰會得到一大筆財產？是你，紀娜，警方一定不會忽略這個事實。」

瑪翠發著抖，匆匆走開。

亞歷說：「病態，全然的病態。真有意思，不禁叫人懷疑已故的史屈特牧師……大概是宗教顧忌吧，還是性無能？」

「別噁心了，亞歷。噢，我恨她，我恨她，我恨她！」

紀娜握緊拳頭，氣得全身抖顫。

亞歷說：「幸虧你的絲襪裡沒藏小刀，否則史屈特太太就得從被害人的觀點來了解凶殺案了。冷靜一點，紀娜，別那麼激動，這活像義大利歌劇的場面。」

「她竟敢說我想毒死外婆？」

「算了啦，甜心，是有人想毒死她。從動機的觀點看來，你最符合，對吧？」

「亞歷！」紀娜瞪著他，嚇了一大跳。「警方是不是也這麼想？」

「很難猜出警方的想法……他們最會保密。你知道，他們不是傻瓜。我想起……」

「你要去哪裡？」

「去研究我的一個新概念。」

17

「你說有人要毒死我？」凱莉．勞思語含困惑和懷疑。她說：「你知道，我真的不敢相信……」

她等了一會兒，眼睛半閉。

路易斯柔聲說：「親愛的，但願我能瞞著你。」

她茫然伸出手，他一把握住。

瑪波小姐坐在不遠的地方，同情地搖搖頭。

凱莉．勞思睜開眼睛。

「這是真的嗎，珍？」她問道。

「大概是。」

「那麼一切……」凱莉．勞思突然打住，接著又繼續說：「我一向自以為知道什麼是真，什麼是假……但這不像真的……所以我是全盤皆錯囉？但是誰會這樣對付我呢？家裡不可能有誰……想殺我吧？」

她的口氣仍然充滿懷疑。

路易斯說：「我也這麼想，可是我錯了。」

「柯遜知道這一回事……這就難怪了。」

「難怪什麼？」路易斯說。

凱莉．勞思說：「他的態度好奇怪喔，你知道，和平常完全不一樣。他似乎為我擔心，彷彿要對我說什麼，卻是欲言又止。他還問我心臟強不強，最近身體好不好。也許是想暗示什麼。不過為什麼不直接說出來呢？直接說出來不就簡單多了？」

「他不想讓你痛苦，凱洛琳。」

「痛苦？為什麼……噢，我明白了……」她睜大眼睛。「原來你以為如此。不過你錯了，路易斯，完全錯了，我保證。」

她丈夫避開她的眼神。

過了一會她才說：「抱歉。但我真不敢相信最近發生的事情是真的。艾戈對你開槍、紀娜和史蒂夫的事情、那盒可笑的巧克力，這都不是真的。」

沒人答腔。

凱洛琳・勞思・西羅可嘆了一口氣，說：「我想我一定脫離現實太久了……拜託你們兩位，我想要一個人靜一靜。我得試著了解……」

§

瑪波小姐下樓到大廳，發現亞歷・瑞斯塔立站在大拱門附近，伸手擺出誇張的姿態。

「請進，請進，」亞歷快活地說，彷彿他是大廳的主人。「我正在思考昨天晚上的情形。」

路易斯・西羅可跟著瑪波小姐從凱莉・勞思的客廳下樓，穿過大廳，走進辦公室，然後關上房門。

「你是想重溫犯罪的場面？」瑪波小姐強忍住焦慮說。

「呃？」亞歷皺皺眉頭，隨即又展開了。「噢，不完全對。我是從一個截然不同的角度來看這件事。我以戲劇角度來斟酌這塊地方。不是從現實，而是藝術技巧！你過來，以舞台布景的眼光來觀察。燈光、入口、出口、劇中人、幕後配音，這些都很有趣。不全是我自己的概念，是警官提醒我的。我想他相當無情，今天早上他存心嚇我。」

「他嚇著你了嗎？」

「我不敢確定。」

亞歷形容居里警官的實驗……竇吉警官氣喘吁吁表演，他則用碼錶計時。他說：「時間會害人發生誤解。我們以為要花很多時間，其實用不著。」

「嗯。」瑪波小姐說。

她代表觀眾，轉往另一個位置。現在舞台布景是一片覆著幃幔的大牆，光線很暗，一邊放著大鋼琴，另一邊有一扇窗子，窗邊擺著座位。圖書室的房門離窗台很近，琴凳離大廳通往走廊的門只有八呎左右，兩個很方便的出口！當然啦，觀眾能清清楚楚看到他們。

但昨天晚上沒有觀眾。也就是說，沒有人面向瑪波小姐此刻所面對的布景。昨天晚上，觀眾都背對著這一道牆。瑪波小姐暗想，溜出房間、沿著走廊跑過去、槍殺葛布蘭森、再回來，不知道要多少時間？不如想像中那麼久。以分、秒計算，其實只要很短的時間……

勞思對她丈夫說：「原來你以為如此。不過你錯了，路易斯！」她的話到底是什麼意思呢？

「我不得不承認，居里警官的說法很有深度，」亞歷的聲音打斷了她的沉思。「他說舞台布景是真的，以木頭和紙板構成，用膠黏好，上漆的正面和不上漆的反面一樣真實。他指出『幻象只在觀眾眼裡』……」

瑪波小姐含含糊糊說：「就像魔術師。我想，大家都說『他們用魔術騙人』。」
史蒂夫．瑞斯塔立進來，有些氣喘。
「喂，亞歷，那隻小老鼠厄尼．葛雷格……不知道你記不記得他？」
「你們演出《第十二夜》時，扮演斐斯提的那一個？我覺得他滿有才氣。」
「是的，他有點才氣，雙手也很靈活，替我們做過不少木工。不過，這個不相干。他對紀娜吹牛，說他晚上常常溜出來亂逛，還說他昨天晚上出來溜達，看到一件事情。」
亞歷連忙轉身。
「看到什麼？」
「他不肯說！我相信他只是吹牛，想引人注目。他是扯謊專家，不過我想我們也許該問問他。」
亞歷狡黠地說：「我暫時不想找他。別讓他以為我們對這很有興趣。」
「也許吧……我想你說得沒錯。今天晚上再去，也許。」
史蒂夫走進圖書室去了。
瑪波小姐還在當活動觀眾，輕輕地繞著大廳走。亞歷．瑞斯塔立突然往後退，兩個人撞個正著。
瑪波小姐說：「對不起。」

亞歷皺皺眉頭，心不在焉地說「請原諒」，接著又突然用驚奇的口吻說：「噢，是你呀。」

瑪波小姐覺得，對剛剛交談好一陣的人說這種話，未免太奇怪了。

亞歷．瑞斯塔立說：「我正在想別人。厄尼那小子……」他雙手含含糊糊比畫著。

這時，他態度突然一變，穿過大廳，走進圖書室，把房門帶上了。

緊閉的門扉後面傳來低低的交談聲，但是瑪波小姐沒有多注意。她對多才多藝的厄尼沒興趣，也不關心他看到或假裝看到的事情。她猜厄尼根本沒看到什麼。昨天晚上那麼冷，又有大霧，她不相信厄尼有興致偷開鎖出來閒逛。說不定他晚上從未開溜過，只是吹牛罷了。

就像強尼．貝克，瑪波小姐暗想。

她一向很會從聖瑪莉米德的居民中找出類比的對象。

「昨天晚上我看到你了。」

強尼．貝克喜歡對一切他認為能夠驚擾的人說這句討厭的笑話。

沒想到事實驚人，瑪波小姐暗想，很多人都到過不便見人的地方。

她揮去強尼的影子，專心想著亞歷轉述居里警官一番雋語所帶來的模糊概念。那些話給亞歷帶來新的概念，未見得就不會給她新概念呀。她和亞歷的想法相同，還是各有玄機？

她站在亞歷．瑞斯塔立剛才站過的地方。她自忖道：「這不是真的大廳。這只是紙板、帆布和木頭，這是舞台布景……」她腦海中閃過零碎的話語。「幻象」，「在觀眾眼裡」，「他們用魔術騙人」，金魚缸，幾碼彩色緞帶，美女消失，魔術師的全副行頭和障眼法……

意識中依稀浮現某些資料，一幅畫面，亞歷說的話，他向她形容的情形，賓吉警官氣喘如牛，氣喘……她腦中浮現一段印象……突然，她找到焦點了……

瑪波小姐說：「噢，當然了！一定是這麼回事……」

／18

「噢，瓦特，你嚇我一跳！」

紀娜由劇場的暗處走出來，瓦特．胡德的身影在微光中浮現，她嚇得往後踉蹌。天色還不算太暗，卻朦朧而淒清，萬物都失去真實感，顯出噩夢般的虛幻外觀。

「你來幹什麼？你平日從來不走近劇場的。」

「找你呀，紀娜。這是最容易找到你的地方，對吧？」

瓦特拖拖拉拉的溫柔語調沒有特殊的含義，紀娜卻有點畏縮。

「這是工作，我很著迷。我喜歡油漆、帆布和整個後台的氣氛。」

「是的，對你很重要，我看得出來。紀娜，你想案情要多久才能澄清？」

「明天舉行審訊。然後須延後兩個禮拜左右再審。至少，這是居里警官間接的提示。」

瓦特盤算道：「兩個禮拜，我明白了。就算三個禮拜吧，然後，我們就自由了。我要回美國。」

紀娜大叫說：「噢，我不能匆匆忙忙地走掉，我不能撇下外婆，我們還有兩齣新戲要演出……」

「我沒說『我們』。我只說我要回去。」

紀娜停下來，抬眼看看丈夫。陰影的陪襯使他顯得很高大。一個安靜的大個子，聳立在她面前，她覺得有點威脅性……威脅……什麼？

她遲疑不決。

「你是說，你不要我同行？」

「哦，沒有……我沒說這種話。」

「我走不走你都不在乎？是不是這樣？」

她突然生氣了。

「聽著，紀娜，這一點我們得攤牌來談。我們結婚的時候，對雙方的了解並不深，對彼此的身世和親人都沒有什麼了解。我們以為沒關係，只要兩人在一起過得愉快，其他問題都算不了什麼。好啦，第一階段過去了，你的親人看不起我。他們也許沒錯，我不是他們那種人。但是，你若以為我肯留在這兒，乾耗時日，在我認為是瘋人院的地方打零工……噢，休想！我要住在自己的國家，做我想做又能做的差事。我心目中的太太是跟拓荒者同行，準備接受一切艱苦、不熟悉的國度、危險、陌生環境等等的賢妻。這樣要求你也許太過分了，但是我寧缺勿濫！也許是我害你倉卒結婚。若是如此，你還是擺脫我開創新生吧，這完全看你。倘若你寧可從這些藝術家中擇一而嫁……這是你的終身幸福，你得自己選擇。但是我要回家。」

紀娜說：「你真是霸道的豬玀，我在這邊過得很愉快。」

「真的？我可不愉快。我想你連發生命案都覺得好玩吧？」

紀娜猛吸了一口氣。

「說這種話未免太殘酷、太邪惡了。我很喜歡柯遜舅舅。你不知道這幾個月有人默默下毒想害外婆嗎？真恐怖！」

「我說過我不喜歡這裡，我不喜歡此地發生的一切，我要離開。」

「看你能不能獲准！你不知道你可能會因柯遜舅舅的命案而被捕嗎？我討厭居里警官看你的表情。活像一隻貓張牙舞爪盯著一隻小老鼠。就因為你離開大廳修電燈去了，也因為你不是英國人，我相信他們會將罪名套在你身上。」

「他們得先有證據。」

紀娜痛哭失聲。

「瓦特，我很替你擔心，我好害怕。」

「擔心也沒用。告訴你，他們挑不出我的毛病！」

他們默默走回家。

紀娜說：「我不相信你真心要我一起回美國……」

瓦特．胡德不答腔。

紀娜．胡德轉向他，猛跺腳。

「我恨你，我恨你，你真可怕……野獸，無情的野獸。我盡量為你著想，你還這樣！你要甩掉我，就算永遠見不到我，你都不在乎。算了，我也不在乎這輩子能不能再見你一面！我嫁給你，真是個小傻瓜。我要盡快離婚，我要嫁給史蒂夫或亞歷，那比和你在一起幸福多了。希望你回美國娶一個可怕的女孩子，讓你悲慘一生！」

瓦特說：「好！我們總算是說清楚了！」

§

瑪波小姐看到紀娜和瓦特一起走進屋內。

她正站在那天下午居里警官和竇吉警官實驗的地點。

貝勒佛小姐的聲音從背後傳來，嚇了她一跳。

「瑪波小姐，太陽下山以後站在外面會著涼的。」

瑪波小姐柔順地跟上去，兩個人快步走向樓房。

瑪波小姐說：「我正在想魔術師所變的把戲。當你望著他們的時候，很難能夠看出其中的奧妙，但是說穿了，其實很簡單（不過，我至今還想像不出來魔術師是怎麼變出金魚缸的）。你有沒有看過『活鋸美人』的魔術……好刺激的把戲。我記得十一歲那年，看得簡直神魂顛倒。我永遠都想不通那是怎麼變的。不過第二天報上有一篇文章，道出了整個原委。我覺得報紙不應該寫出來，你說呢？上面好像說不是一個女人，而是兩個。某甲的上半身加上某乙的下半身。大家都以為是一個人被鋸成兩半，但其實是兩個人……反過來也行得通，對吧？」

貝勒佛小姐看看她，有點驚訝。瑪波小姐說話很少這麼難解、這麼支離破碎。她暗想，「這些驚嚇對老太太的打擊太大了。」

瑪波小姐繼續說：「若只看事情的某一面，就只能看到某一面。但你只要分清什麼是現實、什麼是幻象，一切就完全吻合了。」她猝然說：「凱莉．勞思……還好吧？」

貝勒佛小姐說：「是的，她還好。不過你知道，發現有人要殺她，必然是很大的打擊。我意思是說，對她尤其是一大打擊，因為她不諳暴力。」

瑪波小姐若有所思地說：「凱莉．勞思了解的事情比我們多，她一向如此。」

「我知道你的意思……不過她超脫於塵俗之外。」

「真的嗎？」

貝勒佛小姐訝然地望著她。

「沒有一個人比凱拉更不問世事……」

「你不覺得這話也許……」

艾戈．羅生由她們身邊走過，大步向前，瑪波小姐連忙住口。他羞慚地點點頭，擦肩而過時卻別開面孔。

瑪波小姐說：「現在我知道他讓我想起什麼人了，剛剛突然想到的。他讓我想起一個名叫李歐納．韋利的年輕人。他父親是牙醫，年紀大了，眼睛也瞎了，雙手常抖個不停，於是大家寧願找他兒子看病。老頭子很傷心，整天垂頭喪氣，說他老了不中用。李歐納心軟又傻氣，竟假裝酗酒，身上經常帶有威士忌酒味，病人來的時候，他便裝出酩酊大醉的樣子。他以為大家會回頭找他父親，說年輕人還是不好。」

「他們有沒有回頭？」

瑪波小姐說：「當然沒有。結果如何，稍微有知識的人都猜得出來，病人去找一個和他們競爭的牙醫雷利先生去了。許多好心的人都沒有常識；更何況李歐納．韋利根本就騙不了人……他裝出的醉態一點都不像真正喝醉的人，威士忌也灑得太濃了，弄得滿衣服都是，叫人難以置信。」

她們從邊門走進屋內。

19

進屋以後，她們發現全家人都聚在圖書室。路易斯踱來踱去，整個氣氛很緊張。

「有什麼大事嗎？」貝勒佛小姐問道。

路易斯立刻說：「今天晚上點名時，找不到厄尼．葛雷格。」

「他是不是逃走了？」

「我們不知道。梅夫里醫生和幾位教職員正在全面搜索。我們如果找不到，就得和警方聯絡。」

「外婆！」紀娜跑到凱莉．勞思身邊，被她慘白的面孔嚇壞了。「你看起來好像很不舒服。」

「我很難過，可憐的孩子……」

路易斯說：「今天晚上我正想問他昨夜看到什麼有價值的事。我有一份好差事要給他，我想討論這件事以後，再提出另外的問題。如今……」他突然打住。

瑪波小姐低聲說：「傻孩子……可憐的傻孩子……」她搖搖頭。

西羅可夫人柔聲說：「所以你也這麼想，珍？」

史蒂夫·瑞斯塔立走進來。他說：「紀娜，我在劇場到處找你。你說過你要……喂，怎麼啦？」

路易斯再次說明剛才的消息。他說完話，梅夫里醫生帶一個金髮紅頰、面如天使的少年走進來。瑪波小姐記得她初來石門莊園那天晚上，這個少年正好到屋裡用餐。

梅夫里醫生說：「我帶亞瑟·詹金斯來。他大概是最後一個和厄尼講話的人。」

路易斯·西羅可說：「好，亞瑟，盡量幫助我們。厄尼到哪裡去了？這是不是開玩笑？」

「我不知道，先生。真的，我不知道。他沒對我說什麼，沒有。他只說過劇場演出的事情，說他對布景有個很棒的主意，胡德太太和史蒂夫先生都承認是一流的。」

「亞瑟，還有一件事。厄尼說昨天晚上鎖門後，他溜出來亂逛。這是不是真的？」

「當然不是，吹牛罷了。厄尼是要命的說謊專家。他晚上從來沒有出去過，卻老是吹牛說他有辦法，但是他開鎖並不高明！碰上好鎖，他就沒轍了。反正我知道，他昨天晚上沒有出去。」

「亞瑟，你不是亂講，想讓我們安心吧？」
「我畫十字發誓。」亞瑟一本正經地說。
路易斯好像還不放心。
梅夫里醫生說：「你們聽，那是什麼？」
一片嗡嗡聲由遠而近。門開了，戴眼鏡的賓包姆老師面色白慘慘，踉踉蹌蹌地走進來。
他張口喘氣。
「我們找到他……他們。真恐怖……」
他跌坐在一張椅子上，猛擦額頭。
瑪翠・史屈特厲聲說：「你說找到……他們，這話什麼意思？」
賓包姆全身發顫。
他說：「在劇場那邊，腦袋都壓碎了……一定是平衡錘打在他們身上。亞歷・瑞斯塔立和厄尼・葛雷格那小子，兩個人都死了……」

／20

瑪波小姐說：「我給你端了一杯濃湯來，凱莉．勞思，拜託喝下去。」

西羅可夫人倚坐在橡木雕花的四柱大床上，看起來好纖細、好稚氣。雙頰失去原有的紅暈，眼神空虛得古怪。她乖乖喝下瑪波小姐端來的濃湯。她啜飲的時候，瑪波小姐挑了床邊的一張椅子坐下來。

凱莉．勞思說：「先是柯遜，現在又加上亞歷……還有那個可憐的傻小子厄尼。他真的……知道什麼祕密嗎？」

瑪波說：「我看不見得。他只是撒謊，暗示他看到或知道什麼，以提高自己的重要性。有人相信了他的謊言，悲劇就出在這裡……」

凱莉．勞思直發抖，她的眼睛又恢復迷濛的神采。

「我們好意幫助這些少年……我們確實有了一些成果。有的進展甚佳，有幾位擔任很重要的工作，有幾個故態復萌……這是免不了的。現代文明的環境如此複雜，有些單純的人無法應付。你知道路易斯的大計畫吧？他一向覺得，運輸業過去拯救了許多可能犯罪的人。他們乘船到海外，在比較單純的環境中開創新生。他想根據這一點來施行一個前衛的計畫。買下一大片土地，或者一群小島，頭幾年資助他們，弄成一個自給自足的合作社區……人人都與它有利害關係。但是要截斷退路，消除初期想回都市的誘惑，完全改正往日的惡習。這是他的夢想，然而這樣要花很多很多錢，現在有遠見的博愛主義者並不多。我們需要艾利克那種人。艾利克如果還活著，他會很熱心。」

瑪波小姐拿起一把小剪刀，好奇地看看。她說：「好舊的剪刀。一邊有兩個指甲洞，另外一邊還有一個。」

凱莉．勞思的目光由愣然的遠處回到現實。

她說：「亞歷今天早上拿給我的。聽說剪右手的指甲很方便。體貼的小夥子，他很熱心，還要我當場試用。」

「我猜他把指甲屑收起來，整整齊齊帶走。」瑪波小姐說。

凱莉．勞思說：「是的，他……」她突然住口。「你為什麼這麼說呢？」

「我在想亞歷。他有腦筋，很有腦筋。」

「你是說……所以他才會送命？」

「我想是吧，是的。」

「他和厄尼……想起來簡直無法忍受。你想是什麼時候發生的？」

「傍晚要天黑的時候。大概六點到七點之間……」

「今天收工以後？」

「是的。」

傍晚紀娜到過那兒……還有瓦特．胡德。史蒂夫也去了，說他去找紀娜……不過就這點來說，誰都可以……

瑪波小姐的思路被人打斷了。

凱莉．勞思竟以安詳的口吻說：「珍，你知道多少？」

瑪波小姐猛然抬頭望。兩個女人四目交接。

瑪波小姐慢慢地說：「我如果可以確定的話……」

「珍，我想你能確定。」

瑪波小姐又慢慢地說：「你要我怎麼辦？」

凱莉仰靠在枕頭上。

「珍，交給你了……你認為該怎麼做就怎麼做好了。」

她閉上眼睛。

瑪波小姐遲疑不決。

「明天，我設法找居里警官談談。不知道他肯不肯聽……」

／21

居里警官很不耐煩地說：「瑪波小姐，怎麼了？」

「我們能不能到大廳去？」

居里警官有點詫異。

「這就是你保密的方法？我相信在這裡……」

他環顧小辦公室。

「我不是想保密。我是要你看出一件事實，亞歷．瑞斯塔立指給我看的事實。」

居里警官強忍住一聲嘆息，站起來跟著瑪波小姐走。

「有人和你談過了？」他滿懷希望地試探。

瑪波小姐說：「不，不是大家說什麼的問題。其實是魔術的問題。你知道，他們用魔術騙人，手法差不多……不知道你懂不懂我的意思。」
居里警官聽不懂。他目瞪口呆，懷疑瑪波小姐腦筋有毛病。
瑪波小姐站定以後，招手叫居里警官站在她旁邊。
「警官，我要你把這個地方當作舞台。時間是柯遜．葛布蘭森遇害的晚上。你在觀眾席上望著舞台上的人。西羅可夫人、我、史屈特太太、紀娜、史蒂夫……這邊正像舞台一樣，有入口也有出口，演員下場到不同的地方；只是你看戲的時候，並不知道他們實際到什麼地方。劇本中他們『到前門』或者『到廚房』，門開了，你看到一小塊漆過的背景。但是他們其實是到側廂……或者到後台和木匠電工在一起，別的演員則等著上場。他們……其實是到一個截然不同的世界。」
「我不太懂，瑪波小姐……」
「噢，我知道，這聽來恐怕很愚蠢。不過你若把這些當作一齣戲，布景是『石門莊園的大廳』，那幕後是什麼？我意思是說，後台是什麼？露台，對吧？露台和幾扇通往露台的窗子。你知道，戲法就是這樣變的。『活鋸美人』的魔術讓我想出這個道理。」
「活鋸美人？」
居里警官斷定瑪波小姐的腦袋有問題。
「一種非常刺激的魔術，你一定看過。事實上不是一名少女被鋸成兩半，而是兩個人。

某甲的上半身加上某乙的下半身；看起來像一個人，其實是兩個人。所以我認為反過來也行得通。兩個人其實是同一個人。」

「兩個人其實是同一個人？」

居里警官似乎絕望了。

「是的，時間並不長。你們警官由庭園跑進屋裡再回去，共花了多少時間？兩分四十五秒，對吧？這一招更省時，用不了兩分鐘。」

「什麼事情用不了兩分鐘？」

「變魔術啊。以一代二的把戲。地點是那邊……小辦公室。我們只注意舞台上看得見的地方。幕後有露台和一排窗子。兩個人在辦公室，不難打開窗子爬出去，沿著露台跑（亞歷聽到的腳步聲就是這麼回事），進側門，槍殺柯遜・葛布蘭森再回來。那一段時間，辦公室裡的另外一個人就用兩種聲音說話，我們都認定辦公室裡有兩個人、大部分的時間那兩個人都在，但是那一小段時間……不到兩分鐘……卻例外。」

居里警官這才鬆了一口氣，開口說話。

「你是說，艾戈・羅生沿著露台跑過去槍殺葛布蘭森？下毒加害西羅可夫人的也是艾戈・羅生？」

「警官，你知道，根本沒有人要毒死西羅可夫人，障眼法就在這個地方。西羅可夫人的關節炎症狀和砒霜中毒相似，有人遂靈機一動，利用這個事實。很像魔術師亮牌給你看的技巧。在補藥瓶中加一點砒霜並不難，信件加上幾行也不難。其實葛布蘭森先生來訪的理由正是表面上最說得通的理由……與葛布蘭森基金會有關。事實上是錢的問題。假設有人盜用了公款……盜用很多很多，你明白了吧？只有一個人……」

「路易斯．西羅可？」

「路易斯．西羅可。」

22

紀娜・胡德給她姨婆范里多夫人寫了一封信，部分內容如下：

露絲姨婆，你知道，整個事情就像一場噩夢……尤其是最後的下場。我把這個可笑的年輕人艾戈・羅生的一切都告訴你了。他一向膽小。警官開始訊問他，他受不了，竟嚇得逃跑……真的跑喔。跳窗跑出去，沿車道飛奔，有個警察攔住他，他就轉個方向，下坡奔向人工湖。他跳上一塊腐朽的舊木，掙離岸邊。真是瘋狂而荒謬的舉動，但是我說過，他是個容易受驚的膽小鬼。

這時候路易斯大叫說：「那塊木頭腐爛了。」

然後他自己也奔向湖邊。

木筏沉下去，艾戈在水裡掙扎。他不會游泳，路易斯跳下水，向他游過去，游到他身邊，但是兩人都動彈不得，陷在水草堆中。警官的一名手下身背套繩跳下去，可是他也困住了，大家只好拉他上來。瑪翠阿姨傻里傻氣說：「他們會淹死，他們會淹死，他們兩個都會淹死……」

外婆只說：「是的。」

我形容不出她這句話的語氣。她只說了一句「是的」，卻讓人心如刀割。是不是我太傻、太誇張？也許吧。不過聽起來真的如此……

然後……一切都過去以後，警方撈起他們，設法做人工呼吸（但是沒有用），警官走過來對外婆說：「西羅可夫人，恐怕沒希望了。」

外婆平靜地說：「警官，謝謝你。」

然後她看看我們大家。我想幫忙卻不知如何幫法。裘麗仍然嚴肅又溫柔，隨時想出力。史蒂夫伸出雙手；滑稽的老瑪波小姐顯得好傷心、好疲倦，連瓦特都一副哀容。大家都喜歡她，想伸出援手。

但是外婆只說了「瑪翠」，瑪翠阿姨叫了一聲「媽」。她們並肩走進屋裡，外婆靠在瑪翠阿姨的肩上，顯得好纖細、好脆弱。這時候我才知道她們母女情深。你知道，平常都看不出來。

紀娜停下來，吸吸鋼筆墨水。她繼續寫道：

至於我和瓦特……我們會盡快回美國……

23

「珍，你怎麼猜到的？」

瑪波小姐不急著答腔。

她若有所思地望著眼前兩個人。凱莉・勞思纖瘦而脆弱，卻不受什麼影響；還有一個笑容可掬、滿頭白髮的老人，克羅米主教卡布萊博士。

主教握住凱莉・勞思的纖手。

「可憐的孩子，這對你真是一大悲哀、一大震撼。」

「悲哀，不錯，震撼卻不見得。」

瑪波小姐說：「是啊。你們知道，我已經發現這一點。人人都說凱莉・勞思生活在另外一個世界，脫離現實。其實凱莉・勞思，你接觸的是現實而不是幻影。你不像我們大家，被幻影欺騙了。我一旦明白了這一點，便看出我得採用你的思想和感受。你確定沒有人會下毒害你，你不相信有這回事……你不相信是對的，因為確實沒有！你不相信艾戈會傷害路易斯……你又對了，他永遠不會傷害路易斯。你一口咬定紀娜愛的是她丈夫……這也相當正確。

「所以，我跟著你判斷，一切看似真實的情況都只是幻影，為了特定目標而創造的幻影……就像魔術師的把戲，是騙觀眾用的。而我們就是觀眾。

「亞歷．瑞斯塔立最先探出一點端倪，因為他有機會從不同的角度來看事情……由屋外的角度。他和警官站在車道上，望著房子，察覺出窗口的可能性。他想起那天晚上聽到的跑步聲，接著警官奔跑計時，他更看出，我們以為要花很多時間的舉動，事實上費時極短。警官猛喘氣，後來我回想警官氣喘吁吁的樣子，遂記起那天晚上路易斯．西羅可打開房門的時候，氣都喘不過來。你們知道，他才剛跑過……

「不過艾戈．羅生才是我判斷的樞紐。我一直覺得艾戈．羅生有點不對勁。他的一言一行是符合精神病患的表現，不過他本人就是不像……因為是正常青年去扮演人格分裂的角色，所以總是有點誇張，老是像在演戲。

「這些一定是仔細計畫好的。柯遜上次來訪，路易斯大概就看出他起疑心了。他了解柯遜的為人，知道他若起疑，一定要查個水落石出才罷手。」

凱莉・勞思開口了。

「是的，柯遜就是這個脾氣，慢吞吞，苦幹實幹，其實很精明。我不知道他怎麼會起疑心，但是他開始調查了……而且發現了真相。」

主教說：「都怪我這個理事不夠謹慎。」

凱莉・勞思說：「沒人指望你了解財務問題。財務本來是基爾福先生管的，他死了以後，路易斯因為有經驗，財務就完全控制在他手中。當然啦，他也因此昏頭了。」

她的雙頰湧上紅暈。

「路易斯是個偉大的人，一個有遠見的人，他堅信人可以成就了不起的事業……用錢來達到目標。他不是自己要錢，至少不是個貪財之輩，他要的是金錢的權威，用錢行善的權威……」

主教說：「他想當上帝。」他的語氣突然一凜。「他忘了人類只是上蒼意志的工具。」

「那麼他真的盜用了信託基金？」瑪波小姐說。

卡布萊博士遲疑不決。

「不只是這樣……」

凱莉・勞思說：「告訴她吧，她是我的老朋友。」

主教說：「路易斯・西羅可稱得上是金融巫師。在他精心管帳的這幾年，他研究過各種簡單的騙局。這只是理論的研究，然而一旦他看出可以藉此動用一大筆錢，他就把這些理論付諸實行。你知道，他可以處置一流的物資。他從這邊結訓的少年中選出一小隊精英。他們天生有犯罪的傾向，喜歡刺激，智力非凡。我們還沒有徹底查清楚，不過這些祕傳弟子受過特殊訓練，不久便調升關鍵性的職位，照路易斯的吩咐做假帳，如此一來，就算侵占一大筆款項，也不會有人疑心。我想抽絲剝繭的過程太複雜了，查帳員要好幾個月才能弄清楚。結果路易斯．西羅可用不同的人名、銀行帳戶和公司名義，可以處置一筆龐大的鉅款，他打算建立一處海外的殖民地，作為合作實驗場所，讓少年犯擁有他們的領域，自行管理。這是異想天開的美夢……」

「這是有機會實現的夢想。」凱莉．勞思說。

「是的，可能實現。但是路易斯．西羅可用的是不正當的手段，柯遜．葛布蘭森發現了，心裡很難過，尤其擔心控告路易斯你會受不了，凱莉．勞思。」

「所以他才會問我的心臟強不強，似乎很擔心我的身體，」凱莉．勞思說，「我當時想不通。」

主教說：「接著路易斯．西羅可由北部回來石門莊園，柯遜出去迎接他，表示他已知道所有的實情。我想路易斯淡然接受了。兩個人說好盡可能瞞著你。柯遜說要寫信給我，請我來共同商量。」

瑪波小姐說：「不過路易斯．西羅可對這次危機早有準備。一切都計畫好了。他帶來一個年輕人，由他扮演艾戈．羅生的角色。世上當然真有艾戈．羅生其人……萬一警方查他的紀錄，才不會露出馬腳。這個假艾戈知道該怎麼做……扮演迫害妄想者的角色，讓路易斯．西羅可得到幾分鐘的不在場證明。

「下一個步驟也想好了。路易斯說你凱莉．勞思被人慢性下毒……仔細想想，這全是路易斯自己說柯遜告訴他的。他在等警察的時候，在打字紙上加了幾行字；補藥加砒霜也不難。你沒有危險，因為他要當場阻止你喝下去。巧克力是附帶的一筆。原來的巧克力當然沒有毒，只是他交給居里警官之前，先掉包罷了。」

「亞歷猜到了。」凱莉．勞思說。

「是的。所以他收集你的指甲屑，以便證明有沒有人長期下毒。」

「可憐的亞歷，可憐的厄尼。」

瑪波小姐沉默了一會兒。

另外兩個人想到柯遜．葛布蘭森，想到亞歷．瑞斯塔立，想到厄尼那小子……以及命案竟可變質和醜化得如此快速。

主教說：「不過路易斯說服艾戈當共犯，真是一大冒險。儘管他能夠控制他……」

凱莉搖搖頭。

「不是控制他。艾戈對路易斯忠心耿耿。」

瑪波小姐說：「是的，就像李歐納・韋利對他父親。我懷疑是不是……」

她故意停下來。

「我想你看出他們長得很像吧？」凱莉・勞思說。

「原來你早就知道？」

「我只是猜測。我知道路易斯在認識我以前曾迷戀一個女演員，這是他告訴我的。他們並不認真，她是來淘金的女人，不太愛他，但我確定艾戈正是路易斯的兒子……」

瑪波小姐說：「是的，這一來樣樣都說得通了……」

「他最後為他犧牲性命。」凱莉・勞思說，她以哀求的眼光看看主教。「他是，你知道。」

大家沉默了一會。

凱莉・勞思說：「我慶幸事情如此收場。他犧牲性命，想救那個年輕人……能行大善的人也能行大惡。我始終知道路易斯這個特性……但是，他很愛我……我也愛他。」

瑪波小姐問道：「你有沒有……懷疑是他？」

凱莉・勞思說：「沒有，因為我被下毒的說法蒙蔽了。我知道路易斯不會對我下毒，但是柯遜信上卻說有人想下毒害我。因此我以為我對人的看法都錯了……」

瑪波小姐說：「不過發現亞歷和厄尼的屍體後，你就起疑了吧？」

凱莉．勞思說：「是的。因為我相信除了路易斯，沒有人這麼大膽。我開始擔心他下一步可能採取的行動……」

她微微發抖。

「我佩服路易斯，我很佩服他的……怎麼說才好，他的善行？但是我知道一個人若有善心，還得謙虛才成。」

卡布萊博士柔聲說：「凱莉．勞思，這就是我佩服你的地方，你虛懷若谷。」

一雙可愛的藍眼睛詫異地圓睜著。

「但是我不聰明……也不特別好心。我只能仰慕別人的善行。」

「親愛的凱莉．勞思。」瑪波小姐說。

尾聲

紀娜說：「我想外婆和瑪翠阿姨在一起，一定平安無事。現在瑪翠阿姨好像親切多了，不像以前那麼怪。你知道我的意思吧？」

「我知道你的意思。」瑪波小姐說。

「瓦特和我再過兩個禮拜就要回美國了。」紀娜斜睨了她丈夫一眼。「我要忘掉石門莊園、義大利和一切幼稚的往事，當個百分之百的美國人。我們的兒子永遠叫『小××』。我說得很對吧，瓦特？」

「當然，凱特。」瑪波小姐說。

瓦特對叫錯名字的老太太露出寬厚的笑容，輕輕糾正她說：「是紀娜，不是凱特。」

紀娜大笑。

「她知道自己的意思！你懂吧，她馬上要叫你培脫吉奧了！」8

瑪波小姐對瓦特說：「我在想，你行事很精明，孩子。」

「她認為你是我理想的丈夫。」紀娜說。

瑪波小姐逐一打量他們。她想，看到兩個年輕人那麼相愛，瓦特．胡德更由她初見的憂鬱小夥子變成一個愉快的巨人，實在太好了。

她說：「看到你們，使我想起……」

紀娜衝過去，用手堵住瑪波小姐的嘴巴。

她大聲說：「不，姨婆，不要說出來。我不相信你們村中能找到類似的例子。那些比喻都很傷人，你真是壞老太太，你知道。」她淚眼迷濛。「想起你、露絲姨婆和外婆共享的青春時光……真想不出你們是什麼樣子！我想像不出來……」

瑪波小姐說：「我猜你想像不出來。那是好久好久以前的事了……」

8 「凱特」是美國女子常用的名字，「培脫吉奧」則是義大利男子名。

專文推薦

藏在日常細節中的冒險

楊照（作家）

一開始，就都在那裡了。

一九二〇年，阿嘉莎．克莉絲蒂出版了《史岱爾莊謀殺案》，神探白羅就已經退休了。而且在這個案子裡，藉由敘述者海斯汀的轉述，就鋪陳出克莉絲蒂小說最基本的偵探原則：

「那些看來或許無關緊要的小細節……它們才是重要的關鍵，它們才是偉大的線索！」

「豐富的想像力就像洪水一樣，既能載舟亦能覆舟，而且，最簡單直接的解釋，往往就是最可能的答案。」

「沒有任何謀殺行為是沒有動機的。」

還有，一個不討人喜歡的死者，一群各有理由不喜歡死者、因而也就都有殺人動機的人，這些人彼此之間構成複雜的關係，有的互相仇視，有的互相愛戀，麻煩的是，有些愛人其實貌合神離，有些仇人其實私下愛慕；更麻煩的是，不論是愛或是仇，都有可能是扮演出來的。

一個外來的偵探必須周旋在這些嫌疑者之間，從他們口中獲取對於案情的了解，換句話說，他必須在很短的時間內，搞清楚誰是誰、誰跟誰吵架、誰跟誰偷情，然後判斷誰說的哪一句是實話、哪一句是謊言。常常謊言比實話對於破案更有幫助。

再偷偷透露一下，如果要和小說裡的凶手及小說背後的作者鬥智，就像克莉絲蒂對英國社會的了解，祕訣就在於要去追究小說裡的人物背景，尤其是他們的階級地位。基本上，階級地位愈高、權力愈大、愈有錢者，說的話就愈不要相信。例如在《史岱爾莊謀殺案》中，僕人、園丁說的話遠比有頭有臉的人說的要可信多了。就算要說謊，他們的謊言也比較天真，而且往往出於善良動機。當你歸納線索時，就會知道他們並非故意說謊，那是因為他們的認知受到蒙蔽或誤導，而你慢慢就從這蒙蔽或誤導中被引導到真相。

《史岱爾莊謀殺案》出版那年，克莉絲蒂三十歲，但書稿其實早在五年前就寫好了，畢竟要找到有人願意出版一個看來再平凡不過的家庭主婦寫的小說，並不是那麼容易。

所有和克莉絲蒂接觸過的人，都對於她的「正常」留下深刻印象。她看起來就和她那個年紀的典型英國家庭主婦一樣，害羞、靦腆，只能在社交場合勉強跟人聊些瑣事話題，完全無法演講，甚至連只是站起來對眾賓客說幾句客套話，請大家一起舉杯，她都做不到。她不演講，也很少答應接受採訪，就算採訪到她也很難從她口中得到有趣的內容。她會講的，幾乎都是記者本來就知道、或者自己就可以想得出來的。

例如說白羅這個神探的來歷。克莉絲蒂回答：他應該是個外國人，這樣就能在英國日常生活中看出英國人自己看不出的線索。她自己碰過的外國人，只有第一次大戰剛爆發時到英國避難的比利時人。比利時警察怎麼能跑到英國來？那一定是因為他已經退休了。他有潔癖，所以對於現場會有特殊的直覺，馬上感受到不對勁的地方。一個有潔癖的人，好像應該長得矮小些才相稱，一個矮小有潔癖的人最適當的名字，就是希臘神話裡的大力士「赫丘勒斯（Hercules）」，製造出荒唐的對比趣味。那白羅這個姓是怎麼來的呢？克莉絲蒂很誠實地說：「我不記得了。」

一切都如此順理成章，一切都如此合邏輯，不是嗎？有記者問她怎麼看自己的舞台劇〈捕鼠器〉，創下了英國劇場、甚至全世界劇場連演最多場紀錄的名劇？克莉絲蒂的回答也還是中規中矩，合理合節：那是一齣小戲，在一個小劇院演出，成本很低，任何人想到了都可以帶家人或朋友去看，老少咸宜，並不恐怖，也不特別荒謬打鬧，可是又什麼都有一點，包括恐怖和荒謬打鬧的成分。

她的身上找不出一點傳奇、怪誕色彩，那她為什麼能在五十年間持續寫偵探小說，創造了那麼多謀殺，還創造了那麼多詭計？

首先因為她是女性，以及她的身世，包括她的階級身分，使得她在描寫故事場景時比一般男性作者來得敏感。因為在她之前的偵探推理小說男性作家的階級身分都是高高在上，基本上他們會從較高的角度看社會，比較看不到底層的感受。

而她的婚變以及婚變中遭逢的痛苦，都使她更能體會與觀察，將英國社會的複雜細節融入小說的核心情節，讓探案與線索分析結合在一起。

克莉絲蒂一生結過兩次婚，第一次在一九一四年，婚後不久，丈夫就參加了歐戰，是英國皇家空軍最早一批飛行員。一九二六年，這個丈夫有了外遇，直率地向克莉絲蒂要求離婚，在那之前，克莉絲蒂的媽媽才剛過世，雙重打擊之下，又遇到車子無法發動，克莉絲蒂崩潰了，她棄車而走，忘記了自己究竟是誰，躲進一家鄉間旅館，登記時寫了她心裡唯一有印象的名字——她丈夫情婦的名字。

離婚後，一次在晚宴中，有人提起近東烏爾考古的最新收穫，克莉絲蒂就取消了原定要去西印度群島的計畫，改訂了跨越歐洲到君士坦丁堡的「東方快車」，是的，就是這趟旅程給了她寫《東方快車謀殺案》的靈感。不過更重要的是，在烏爾，她認識了一位年輕的考古學家，比她小十四歲，這個人後來成了她的第二任丈夫。

這位考古學家陪她去參觀在沙漠中的烏克海迪爾城，卻在沙漠中迷路困陷了。幾小時中克莉絲蒂卻沒有一點驚慌不安，當下考古學家就決定要向她求婚。

原來，克莉絲蒂的內心是有這種冒險成分的。要不然她不會兩次選到的，都是喜愛冒險的丈夫，而她本身大概也不會吸引一個在各種危險情境下挖掘古代寶藏的人，讓他願意向一個大他十四歲的女人求婚。

這樣說吧，維多利亞時代後期的英國環境，壓抑限制了克莉絲蒂冒險、追求傳奇的內在衝動，她只好將這樣的衝動寄託在丈夫和寫作上。她一邊陪著第二任丈夫在近東漫走，一邊在小說中寫各式各樣的謀殺與探案。謀殺和探案都是冒險，還有，偵探偵查中做的事——蒐集線索，還原命案過程——其實和考古學家的考掘，如此相似！

克莉絲蒂寫得最好的，正是「藏在日常中的冒險」。她個性中的雙面成分，造就了特殊的偵探魅力。既嚮往非常傳奇，卻又有根深柢固的日常邏輯信念，兩者都在克莉絲蒂的小說中扮演了重要角色。她的謀殺案幾乎都和日常習慣緊密編織在一起，日常環境成了凶手最重要的掩護。有些日常規律明顯地被破壞了，讓我們很自然以為那會是謀殺的線索，沿著這些線索形成了閱讀中的推理猜測，然而白羅早就提醒了，真正重要的反而是那些「細節」，也就是看來像是依隨日常邏輯進行的事，或說藏在日常邏輯中因而不被看重的事，那裡要嘛藏著凶手的核心詭計、煙幕，要嘛藏著凶手致命的破綻。

凶案的構想，就是如何讓異常蓋上日常、正常的面貌，又如何故意將日常、正常予以扭曲，製造假象；那麼偵探要做的，就是如何準確地在日常中分辨出真正的異常，將假的、明顯的異常撥開來，找出細節堆疊起來的異常真相。

此外，克莉絲蒂的小說裡隱藏著極其曖昧的情感價值觀，最典型、最有名的就是《東方快車謀殺案》。透過追查過程，讓讀者知道為什麼凶手要訴諸於這種手段，其動機具有可同情之處，再加上克莉絲蒂對身分階級的觀察，她比較相信或讓讀者相信那些沒有權力、地位的人，隨著偵查節奏去認識可能或必須懷疑的人。克莉絲蒂最擅長營造「多重嫌疑犯」的小說特質，因為讀者在閱讀時必須被迫去認識很多不一樣的人。在她最受歡迎的作品，大概都具備這樣的特質。

當然，她的作品中還有兩個最突出的神探，即白羅和瑪波。白羅是比利時人，但為什麼必須是外國人？這是因為英國人具有高度階級意識，這種觀念一路滲透到所有互動細節，包括人與人之間如何說話。而白羅因為不是英國人，他會發現一般英國人不太看得出來的東西，以及兩個人互動的方法哪裡不正常。至於瑪波為什麼得是老太太？她一如那個年代的老人家，總是靜靜坐著打毛線，因為不起眼，自然讓人放鬆防備，所以瑪波探案的線索都是來自於這樣的互動模式。

然而，白羅有很明顯的優勢，瑪波的身分使她基本上只能進行「靜態」的辦案，案子的空間受到侷限，白羅卻可以跨越各種空間，恣意揮灑。而且白羅擁有警官身分，可以合理出現在各種犯罪現場，瑪波能出現的地方，相形之下就勉強、不自然多了。白羅是明白的outsider，在英國，只要他出現，就會覺得有外人在而感到緊張，於是很容易露出平常不會表現的行為；瑪波則看起來是 insider，但實質上是 outsider，因為總是沒人發現她、當她空氣人。這兩人的探案，是兩個極端。雖然讀者最愛白羅，但克莉絲蒂自己偏愛瑪波勝於白羅。

不管後來的偵探、推理小說發展了多少巧妙詭計，克莉絲蒂卻不會過時，因為她的推理如此密切地和日常纏繞在一起；活在日常中，我們就無可避免被克莉絲蒂的「日常細節推理」吸引，隨時讀來都充滿驚奇趣味。

名家盛讚克莉絲蒂（依推薦時間排序）

金庸（作家）

克莉絲蒂的寫作功力一流，內容寫實，邏輯性順暢，也很會運用語言的趣味。閱讀她的小說，在謎底沒有揭露之前，我會與作者鬥智，這種過程非常令人享受。其作品的高明之處在於：布局的巧妙完全意想不到，而謎底揭穿時又十分合理，讓人不得不信服。

詹宏志（作家、PChome 網路家庭董事長）

推理小說在從先輩柯南・道爾等人的發明中出現力量時，誕生了一位《天方夜譚》故事中每天說故事說個不停的王妃薛斐拉・柴德，也就是「謀殺天后」克莉絲蒂，整個世界對聽這些故事才有如此的熱情。他們捨不得睡覺，每天問後來還有嗎、還有嗎，永遠不肯離去，這就是克莉絲蒂對推理小說的最大貢獻。

可樂王（藝術家）

所謂「克莉絲蒂式」的推理小說，就是一場和一個天才的寫作者或高明的恐怖份子在紙上捕掠捉殺的戰事。即便是一列火車、一處飯店或一間酒吧，在克莉絲蒂寫來皆充滿神祕和猜謎。在人生適合的下午裡，我總是一面嚼著口香糖，一面跟著矮子偵探白羅穿梭謀殺現場，克莉絲蒂的推理作品無疑是推理世界中最充滿「魔術性」的小說。

吳若權（作家、節目主持人）

我從小就對推理小說情有獨鍾，克莉絲蒂一系列的作品尤其令我愛不釋手。多年來，閱讀推理小說的經驗讓我覺悟：讀者在文字情節中推展開來的驚嘆，不只是因緣於故事的本身，而是自我性格的投射。從這個觀點來看克莉絲蒂一系列的作品，她簡直就是洞徹人性的算命師。而讀者，在她的文字中，發現了自己無可奉告的命運。

藍祖蔚（國家電影及視聽文化中心董事長）

做過藥劑師，難免懂得毒藥；嫁給考古學家，難免也就嫻熟文明的神祕；再加上曾經失蹤九天，一切不復記憶的離奇經驗，的確提供了寫作靈感，但若少了想像力，那些片羽靈光縱使辛辣如辣椒，卻不足以成菜。

推理小說重布局、重人物描寫，克莉絲蒂最厲害的卻是犀利的人性觀察，她一手創造的白羅探長，潔癖個性完全和她相反，更將她所憎厭的人格特質集於一身，殊不知，唯有不對著鏡子寫作，才能夠跳出框架與制式反應，開闢無限寬廣的新世界，建構多面向的詭異迷宮。

看完她的小說，你只會更加訝異，到底是什麼樣的心靈才能成就這般視野？

李家同（作家、前暨南大學校長）

克莉絲蒂的整體布局十分細膩，最後案情也都講解得非常詳細，回頭去看，在書中都找得到線索。故事的情節與內容也很好看，不是像一個流氓在街上被殺掉那麼單調。……看小說應該要花腦筋、要思考，從小就要養成思辨的能力，看她的小說，就是對邏輯思考能力極佳的訓練。

袁瓊瓊（作家）

雖然被公認是冷靜理性的謀殺天后，但是在理性之下，克莉絲蒂的底色依舊是感情。克莉絲蒂很明白，所有的慾望之後，都無非是某種愛情。在以性命相搏的犯罪世界裡，凶手以終結他人的性命來遂私欲，不過是為了成全自己的愛，或者是成全自己的恨。

鄧惠文（精神科醫師）

以推理小說作家而言，克莉絲蒂的風格相當獨樹一格。她的偵探在辦案時，靠的不光是科學證據的搜集，而是大量運用犯罪心理學，及對人性的深刻了解。例如在《五隻小豬之歌》中，白羅便是藉由聽取嫌疑犯訴說案情時所不自覺顯露的主觀意識及中心思想，而看出其中破綻，找出真凶。白羅是靠腦袋辦案，以心理層面去剖析案情，即使人們敘述的是同一件事，他可以聽出不同角色因出發點及看待角度不同所透露的情緒觀感，從而抽絲剝繭，還原事實真相。

克莉絲蒂所塑造的人物也生動且各具特色，不同個性所出現的情緒反應描寫，皆細膩而準確，讓讀者產生豐富的想像空間，一展卷便欲罷而不能。

吳曉樂（作家）

克莉絲蒂使用的語言平易近人，主要是以角色與情節的對應來斧鑿出故事的深度，堆疊出讓讀者回味的迂迴空間。而她筆下的角色往往性別、階級、性格、族群各異，塑造出多元又豐富的人物群像。

文學作品不問類型，若要流傳於世，最終仍得上溯至「人性」的理解與反思。而阿嘉莎・克莉絲蒂的作品中，我們可以看到人類屢屢得和自己的人生討價還價，或千方百計讓主觀意識與客觀條件達成某種程度的整合，讀者在重建人物的心理軌跡時，也見識到自身的是非成敗，我認為，這也是克莉絲蒂的作品能夠璀璨經年、暢銷不衰的主因。

許皓宜（心理學作家）

克莉絲蒂筆下的故事看似在談人性的醜惡，實則像一位披著小說家靈魂的心靈引導者，用她的文字訴說著人們得不到「愛」時的痛苦。於是在故事終了的剎那，你不得不對人生多了幾分「看透感」：原來，我們心裡的那些痛苦、報復與自我折磨的慾望，不是因為「憤恨」，而是起於對「愛的失落」。這或許是我們在情感世界中最珍貴且深刻的一種覺察了。

推理小說荒謬驚悚嗎？不，它其實很寫實。它幫我們說出心裡的苦、怨、醜陋的慾望，於是，我們可以重新學習愛了。

一頁華爾滋 Kristin（影評人）

從有記憶以來，閱讀克莉絲蒂最迷人之處往往不在真正的凶手是誰，而是在於「Why」（為什麼）與「How」（如何進行），在於人性與心理描摹的故事肌理。依循其書寫脈絡，會發覺不只是邏輯清晰、布局縝密、著重細節，她總能完美掌握敘事節奏，書中人物彷彿真實存在般鮮明躍然紙上，讀者情緒會隨精準文字保持流轉、跳動、收放，掩卷時並無太多真相水落石出的暢快，反倒淡淡的惆悵化為餘韻襲上心頭，原來還是種種意料之外，卻屬情理之中的人性盲目使然。私以為，那成就了克莉絲蒂的推理故事之所以無比迷人的主因之一。

冬陽（推理評論人）

雖然阿嘉莎．克莉絲蒂的作品並非我的推理閱讀啟蒙，卻是養成閱讀不輟的重要推手。首先，她無庸置疑是個說故事能手，打開我名為好奇的開關；其次是設計犯罪事件的巧妙多元，既日常又異常，凶手更是叫人意想不到。沒錯，我相信每個當讀者的都忍不住想破案，想早偵探一步識破詭計，或者像考試結束鈴響前一秒，瞎猜都要指著某個角色大喊「你就是犯人」！然後會忍不住作弊——不是翻到最後幾頁窺探真凶身分，而是往前翻查讓人起疑的段落、偵探顯然掌握重要線索的時刻，直到忍不住豎白旗投降，看神探（我知道啦，真正把我耍得團團轉的聰明人是作者）頭頭是道地分析我遺漏錯置的片片拼圖，終於看清真相全貌。這，就是偵探推理，我因此熟悉遊戲規則、沉醉在每一場迷人故事裡，成為這個類型書寫的俘虜，享受至今不疲的美好滋味。

石芳瑜（作家、永樂座書店店主）

布局細膩、處處留下線索，破案解說詳細，說明了這位安靜、害羞的推理小說女王心思縝密，且充滿想像力。密室殺人，完美犯罪，《東方快車謀殺案》不愧為古典推理小說的經典。再加上神祕的東方色彩，隨著火車抵達的迫切時間感，連非推理小說迷都會神經拉緊，讀完大呼過癮。

家庭主婦缺少人生經驗？處女座的阿嘉莎．克莉絲蒂充分展現她過人的寫作天分，靠得是從小開始的閱讀，以及對偵探小說的著迷。三十歲寫下第一本偵探小說《史岱爾莊謀殺案》的克莉絲蒂，在那個時代並不能說是「早慧」，但寫作生涯五十五年中，共創作了八十部偵探小說，卻令人難以企及。這位害羞靦腆的小說女神，大概是相信只要有足夠的理由，每個人都有殺人的可能！

余小芳（暨南大學推理研究社指導老師、台灣推理作家協會常務理事）

學生時代加入推理社團，社課指定讀物便是經典作品《一個都不留》，成為我對克莉絲蒂的初步印象，自此沉浸於推理小說的世界。隔年寒假陪同學參與轉學考，在斜風細雨的走廊中，滿足讀完《東方快車謀殺案》。隨著歲月遠走，已昇華成趣味回憶。

踏入推理文學領域需要認識的作家，阿嘉莎．克莉絲蒂絕對名列其中，她的作品常有英國小鎮風光、莊園式的謀殺、設備豪華的交通工具等，還有特色鮮明的偵探活躍其中。書中少有血腥、暴力的橋段，布局巧妙且結構嚴密，手法純粹、知性，故事內容與人物性格融為一體，以高超的想像力結合說好故事的能耐，為推理小說開創新局面。克莉絲蒂推理全集重編改版，值得新舊讀者一起探索。

林怡辰（國小教師、教育部閱讀推手）

多年後，還是難忘第一次閱讀阿嘉莎．克莉絲蒂作品的感動和激動。這套將近一世紀的作品，文筆流暢，邏輯縝密，過程中不斷與作者較量、猜出凶手，直到最後解答不禁佩服，蛛絲馬跡處處展現作者的精妙手法，於是又拿起另一部作品，再次沉溺在謀殺天后所編織的日常世界中的奇幻，無可自拔。犯罪動機和手法穿越時空限制，如今讀來合理且依舊令人感動，閱讀中趣味橫生，難怪成為後來諸多偵探小說的原型。

克莉絲蒂創作生涯中產出的八十部推理作品，至今多部躍上大銀幕，無怪乎被稱之為「經典」，喜愛推理偵探作品的人不可不讀，你會驚異於她在文字中施展的魔法！

張東君（推理評論家、科普作家）

我愛克莉絲蒂！這位在台灣有時會被稱為克奶奶的超級暢銷推理小說家，即使是自認沒讀過她的書的人，也都會在各種書籍或影視作品中看到對她致敬的片段。由於她喜歡旅行和冒險，那些經驗與體驗都成為書中的場景，因此閱讀她的作品時，不只是雀躍地跟著偵探推理，也有了虛擬的旅行體驗。或者當成旅遊導覽書，在出發去尼羅河、去英國鄉間、去搭船搭火車時，就塞一本克奶奶的作品到隨身背包中。

我還是大學新生時，就聽學姐說她哥哥經常看克奶奶的小說，而且邊看邊狂笑。於是我跟著效仿，在某次搭飛機之前買了第一本小說當旅伴，不只看得超開心，看完後還到處找尋書中出現的那種有兜帽的斗篷，當成出門時的必備用品。克奶奶的作品是跨越文字、國界的。只要看過一本，就會不停地追下去。還好，真的是還好只有八十本。何況這次是全新校訂的紀念珍藏版，當然不能錯過！

發光小魚（呂湘瑜）（文史作家、助理教授）

一部好的偵探小說，除了情節設計巧妙之外，還需要洞悉人性，如此方能合理地交代人物的言行舉止與動機。阿嘉莎·克莉絲蒂便是其中翹楚，她的作品不管是偵探、愛情小說或戲劇，必要元素都是謎題與人性。在寧靜無波的場景下暗潮洶湧，永遠都有意料之外，讀者的情緒也會隨著劇情的進行起伏糾結。克莉絲蒂觀察到時代的變化，將犯罪心理融入作品中，於是，看她的小說不只能得到解謎的快樂，同時對人性也能夠有所省思。

此外，克莉絲蒂豐富的人生歷練及旅行經歷，例如一九二二年的環球之旅、居住過也旅行過的巴黎和埃及，甚至是追隨考古學家丈夫前往的中東，都讓她的小說讀來更加充滿異國情調。如果你也愛旅行，不如就讓我們一同搭上那一班南法的藍色列車，或由伊斯坦堡出發的東方快車，跟著白羅鑽進一樁奇案，一嘗旅程中破解謎題的快感吧。

盧郁佳（作家）

國小時，家裡買了一套阿嘉莎．克莉絲蒂全集，從此成了我的毒品，在白癡課本將我的腦袋啃嚙成海綿般空洞時，撫慰受創的心靈，那時我仍對人心險惡一無所知。

數學課教你列算式，樂趣遠不如克莉絲蒂教你住宅平面圖、偷換時序的密室魔術，你從庭園長窗進房間，我從房門直通鄰房，他從走廊進房……從而學會故事是建構邏輯。她文風多變，時而《四大天王》中讓神探白羅向助手海斯汀大賣關子，眉頭緊皺，山雨欲來，預示天翻地覆，只能靠他拯救世界；時而用維吉尼亞．吳爾芙《自己的房間》中俏皮的語言，讓貧苦村姑安妮在《褐衣男子》中回憶南非出生入死的冒險，竟源於她耽讀村裡圖書館爛舊的冒險愛情小說，還有戲院每週末放映〈帕米拉歷險記〉，帕米拉每集從飛機跳落高空、搭潛艇、爬上摩天大樓，每次被黑幫老大抓到總不一刀斃命，卻老要用瓦斯毒死她，暗示續集又會逃出生天。

長大才發現，克莉絲蒂小說就是我的〈帕米拉歷險記〉：它以歌劇般輝煌龐大的天真陰謀、精細的人際觀察（一句話重音放在哪個字、從膝蓋鑑定女人的年齡等），召喚年輕讀者抱持浪漫精神投入未知的壯遊，瘋魔、衝撞、冒犯，傷痕累累毫無懼色。正如瓦斯在冒險片中太多、現實中卻太少；陰謀在現實中沒有克莉絲蒂寫得那麼複雜，但她刻畫的心理卻是現實中解謎的試金石。

賴以威（臺灣師範大學電機系副教授）

或許可以為經典下幾個定義：該領域的愛好者更都讀過；不是這個領域的愛好者，許多人也都聽過；影響後續的作品，在很多著作中都可以看到它的影子；值得反覆再三閱讀，每隔一陣子再讀都可以獲得閱讀的樂趣，有更多的體悟。我永遠記得第一次讀《東方快車謀殺案》時，被那宛如嚴謹設計數學謎題的鋪陳、推進給深深吸引、震撼。從這幾個角度來說，克莉絲蒂的推理小說被稱之為「經典」，可說是當之無愧。

謝哲青（作家、旅行家、知名節目主持人）

克莉絲蒂小說的魅力在於透過每個角色的對白，藉由不斷的說話來表現人物的個性，以彰顯其人格特質中一些無法被忽略的事實。我們從他們的言語、講話的過程和字裡行間，竟然就能知道誰是凶手。

我從克莉絲蒂的小說學到很多，除了推理小說有趣的事實之外，最重要的是，我在工作的職場跟人應對的時候，如何從語言和對話裡去捕捉某些隱而不顯的事實。許多人們欲蓋彌彰的東西，無論心事也好、祕密也好，克莉絲蒂都會用文學的手法，讓你理解語言的奧妙和魅力。

克莉絲蒂的書寫會讓你覺得彷彿自己也在現場，你可以從聽到的對話當中，學會如何理解人心的一些小技巧，這是小說家最出色、最偉大的地方。我們必須學習傾聽別人說話——這些人講話是真誠的嗎？他想要跟你分享什麼資訊？這些資訊可靠嗎？——這是我在閱讀推理小說時，最大的收穫和理解。

阿嘉莎・克莉絲蒂大事記

1890		• 九月十五日出生於英格蘭德文郡托基鎮。
1894	4 歲	• 開始在家自學，父母親、姐姐教導閱讀、寫作、算術和彈鋼琴。
1895	5 歲	• 家中經濟走下坡，舉家搬至法國，學會流利的法語。
1905	15 歲	• 在巴黎寄宿學校學鋼琴和聲樂，但生性極度害羞，未成為職業鋼琴家，最終回到英國。
1907	17 歲	• 陪同母親前往埃及調養身體，對社交活動充滿興趣，但尚未對日後感興趣的埃及古物點燃熱情。 • 回英國後繼續寫作、參與業餘戲劇表演。
1908	18 歲	• 寫出第一篇短篇小說〈麗人之屋〉，同時也寫出第一部愛情小說《白雪黃漠》，以筆名向出版社投稿，但屢遭退稿。
1912	22 歲	• 與英國皇家軍官亞契・克莉絲蒂（Archibald Christie）熱戀。 • 八月爆發第一次世界大戰，亞契奉派到法國作戰。
1914	24 歲	• 耶誕夜結婚，亞契隨即返回戰場。克莉絲蒂參與紅十字會工作，在醫院擔任護士和藥劑師，因此對藥理和毒物非常熟悉，造就後來多部推理小說情節都以毒藥殺人。
1916	26 歲	• 開始嘗試寫推理小說，寫出第一部小說《史岱爾莊謀殺案》，主角偵探赫丘勒・白羅的靈感，來自於大戰期間英國鄉間的比利時難民營。本書歷經數家出版社退稿後，終獲柏德雷・海德（The Bodley Head）圖書公司的出版機會，之後並簽下另五本小說的合約。
1919	29 歲	• 前一年亞契返回英國，八月生下女兒露莎琳。

1920　30歲　• 出版《史岱爾莊謀殺案》。

1922　32歲　• 出版第二部小說《隱身魔鬼》，主角是夫妻檔偵探湯米和陶品絲。
• 與亞契至南非、澳洲、紐西蘭、夏威夷和加拿大等國旅行十個月，在南非得到《褐衣男子》的靈感。

1923　33歲　• 三月出版第三部小說《高爾夫球場命案》，白羅再度登場。

1926　36歲　• 四月母親過世，克莉絲蒂陷入憂鬱。
• 六月在「威廉．柯林斯父子出版社」出版《羅傑艾克洛命案》。
• 八月亞契因外遇提出離婚，十二月初一次爭吵後，克莉絲蒂離家棄車失蹤，消息登上全國新聞。

1927　37歲　• 一月在悲痛心情中寫出《藍色列車之謎》，第一次創造出聖瑪莉米德村，即後來瑪波小姐居住的村子。
• 分居期間在雜誌刊登以白羅為主角的短篇小說，後來集結出版《四大天王》。
• 十二月在雜誌刊登短篇小說〈週二夜間俱樂部〉，瑪波小姐初登場，後來收錄在一九三二年出版的短篇小說集《十三個難題》。

1928　38歲　• 十月正式離婚，仍保留「克莉絲蒂」姓氏。
• 秋天搭乘「東方快車」前往土耳其的伊斯坦堡，再轉往伊拉克首都巴格達，參觀考古現場烏爾，認識考古學家伍利夫婦（Leonard and Katharine Woolley）。

1930　40歲　• 二月應伍利夫婦之邀再訪烏爾，認識考古學家麥克斯．馬龍（Max Mallowan），九月於英國愛丁堡結婚。這段婚姻開啟克莉絲蒂旺盛的創作生涯，兩人到中東考古現場的旅行為許多作品帶來靈感。

- 婚後克莉絲蒂開始維持固定的寫作行程。十月出版《牧師公館謀殺案》，是第一部以瑪波小姐為主角的小說。
- 出版第一部以「瑪麗．魏斯麥珂特」（Mary Westmacott）為筆名的《撒旦的情歌》，並陸續發表了五部非犯罪小說。

1932　42歲
- 出版《危機四伏》。

1934　44歲
- 出版《東方快車謀殺案》，是白羅海外辦案三部曲之一，故事靈感來自中東的旅行經歷。一九七四年第一次改編成電影大獲好評。

1936　46歲
- 出版《美索不達米亞驚魂》，白羅海外辦案三部曲之二。

1937　47歲
- 出版《尼羅河謀殺案》，白羅海外辦案三部曲之三，故事背景是年輕時與母親同遊的埃及。一九七八年第一次改編成電影大受歡迎。

1939　49歲
- 二次大戰期間，克莉絲蒂在大學學院醫院擔任義務藥師，學習到最新的毒藥知識，對於推理小說寫作大有助益。
- 出版《一個都不留》，是克莉絲蒂最著名作品之一。

1941　51歲
- 出版《密碼》，呈現出克莉絲蒂對戰爭的看法。
- 出版《豔陽下的謀殺案》。

1942　52歲
- 出版《藏書室的陌生人》、《五隻小豬之歌》等名作。

1944　54歲
- 以「瑪麗．魏斯麥珂特」為筆名出版第三部作品《幸福假面》，被美國書評人發現是克莉絲蒂的作品，讓她從此失去匿名創作的自在樂趣。

1950 60 歲 • 獲選為皇家文學學會的會員。

1953 63 歲 • 出版《葬禮變奏曲》。

1956 66 歲 • 一月獲頒大英帝國爵級大十字勳章（GBE）。
• 十一月以「瑪麗．魏斯麥珂特」為筆名出版《愛的重量》，是這個筆名的最後一部作品。

1958 68 歲 • 成為「偵探作家俱樂部」主席。

1960 70 歲 • 馬龍獲頒大英帝國爵級大十字勳章。

1961 71 歲 • 獲得艾克塞特大學頒發榮譽文學博士學位。

1968 78 歲 • 馬龍獲封為爵士，克莉絲蒂亦被稱為馬龍爵士夫人。

1971 81 歲 • 獲頒大英帝國爵級司令勳章（DBE），獲封為女爵士。

1973 83 歲 • 出版最後一部創作《死亡暗道》，亦為湯米和陶品絲最後一次辦案。

1974 84 歲 • 最後一次公開露面，出席電影《東方快車謀殺案》首映會。

1975 85 歲 • 八月六日，白羅成為有史以來第一次在《紐約時報》頭版刊出訃聞的小說主角，宣傳九月即將出版的《謝幕》，這也是白羅最後一次辦案。

1976 86 歲 • 一月十二日去世。
• 十月出版《死亡不長眠》，瑪波小姐的最後一次辦案。

克莉絲蒂推理原著出版年表

1920　史岱爾莊謀殺案 The Mysterious Affair at Styles（神探白羅系列）
1922　隱身魔鬼 The Secret Adversary（神探湯米＆陶品絲系列）
1923　高爾夫球場命案 The Murder on the Links（神探白羅系列）
1924　白羅出擊 Poirot Investigates（神探白羅系列）
1924　褐衣男子 The Man in the Brown Suit（神探雷斯上校系列）
1925　煙囪的祕密 The Secret of Chimneys（神探巴鬥主任系列）
1926　羅傑艾克洛命案 The Murder of Roger Ackroyd（神探白羅系列）
1927　四大天王 The Big Four（神探白羅系列）
1928　藍色列車之謎 The Mystery of the Blue Train（神探白羅系列）
1929　七鐘面 The Seven Dials Mystery（神探巴鬥主任系列）
1929　鴛鴦神探 Partners in Crime（神探湯米＆陶品絲系列）
1930　牧師公館謀殺案 The Murder at the Vicarage（神探瑪波系列）
1930　謎樣的鬼豔先生 The Mysterious Mr. Quin（神探鬼豔先生系列）
1931　西塔佛祕案 The Sittaford Mystery
1932　十三個難題 The Thirteen Problems（神探瑪波系列）
1932　危機四伏 Peril at End House（神探白羅系列）
1933　十三人的晚宴 Lord Edgware Dies（神探白羅系列）
1933　死亡之犬 The Hound of Death
1934　三幕悲劇 Three Act Tragedy（神探白羅系列）
1934　李斯特岱奇案 The Listerdale Mystery
1934　帕克潘調查簿 Parker Pyne Investigates（神探帕克潘系列）
1934　東方快車謀殺案 Murder on the Orient Express（神探白羅系列）
1934　為什麼不找伊文斯？ Why Didn't They Ask Evans?
1935　謀殺在雲端 Death in the Clouds（神探白羅系列）
1936　ABC 謀殺案 The A.B.C. Murders（神探白羅系列）
1936　底牌 Cards on the Table（神探白羅系列）
1936　美索不達米亞驚魂 Murder in Mesopotamia（神探白羅系列）

1937 巴石立花園街謀殺案 Murder in the Mews（神探白羅系列）
1937 尼羅河謀殺案 Death on the Nile（神探白羅系列）
1937 死無對證 Dumb Witness（神探白羅系列）
1938 白羅的聖誕假期 Hercule Poirot's Christmas（神探白羅系列）
1938 死亡約會 Appointment with Death（神探白羅系列）
1939 一個都不留 And Then There Were None
1939 殺人不難 Murder Is Easy/Easy to Kill（神探巴鬥主任系列）
1940 一，二，縫好鞋釦 One, Two, Buckle My Shoe（神探白羅系列）
1940 絲柏的哀歌 Sad Cypress（神探白羅系列）
1941 密碼 N Or M?（神探湯米＆陶品絲系列）
1941 豔陽下的謀殺案 Evil Under the Sun（神探白羅系列）
1942 五隻小豬之歌 Five Little Pigs（神探白羅系列）
1942 藏書室的陌生人 The Body in the Library（神探瑪波系列）
1942 幕後黑手 The Moving Finger（神探瑪波系列）
1944 本末倒置 Towards Zero（神探巴鬥主任系列）
1945 死亡終有時 Death Comes as the End
1945 魂縈舊恨 Remembered Death（神探雷斯上校系列）
1946 池邊的幻影 The Hollow（神探白羅系列）
1947 赫丘勒的十二道任務 The Labours of Hercules（神探白羅系列）
1948 順水推舟 Taken at the Flood（神探白羅系列）
1949 畸屋 Crooked House
1950 謀殺啟事 A Murder Is Announced（神探瑪波系列）
1951 巴格達風雲 They Came to Baghdad
1952 殺手魔術 They Do It with Mirrors（神探瑪波系列）
1952 麥金堤太太之死 Mrs. McGinty's Dead（神探白羅系列）
1953 黑麥滿口袋 A Pocket Full of Rye（神探瑪波系列）
1953 葬禮變奏曲 After the Funeral（神探白羅系列）

1954　未知的旅途 Destination Unknown
1955　國際學舍謀殺案 Hickory, Dickory, Dock（神探白羅系列）
1956　弄假成真 Dead Man's Folly（神探白羅系列）
1957　殺人一瞬間 4:50 from Paddington（神探瑪波系列）
1958　無辜者的試煉 Ordeal by Innocence
1959　鴿群裡的貓 Cat Among the Pigeons（神探白羅系列）
1960　哪個聖誕布丁？ The Adventure of the Christmas Pudding（神探白羅系列）
1961　白馬酒館 The Pale Horse
1962　破鏡謀殺案 The Mirror Crack'd from Side to Side（神探瑪波系列）
1963　怪鐘 The Clocks（神探白羅系列）
1964　加勒比海疑雲 A Caribbean Mystery（神探瑪波系列）
1965　柏翠門旅館 At Bertram's Hotel（神探瑪波系列）
1966　第三個單身女郎 Third Girl（神探白羅系列）
1967　無盡的夜 Endless Night
1968　顫刺的預兆 By the Pricking of My Thumbs（神探湯米＆陶品絲系列）
1969　萬聖節派對 Hallowe'en Party（神探白羅系列）
1970　法蘭克福機場怪客 Passengers to Frankfurt
1971　復仇女神 Nemesis（神探瑪波系列）
1972　問大象去吧 Elephants Can Remember（神探白羅系列）
1973　死亡暗道 Postern of Fate（神探湯米＆陶品絲系列）
1974　白羅的初期探案 Poirot's Early Cases（神探白羅系列）
1975　謝幕 Curtain: Hercule Poirot's Last Case（神探白羅系列）
1976　死亡不長眠 Sleeping Murder（神探瑪波系列）
1979　瑪波小姐的完結篇 Miss Marple's Final Cases（神探瑪波系列）
1991　情牽波倫沙 Problem at Pollensa Bay
1997　殘光夜影 While the Light Lasts

國家圖書館出版品預行編目（CIP）資料

殺手魔術 / 阿嘉莎．克莉絲蒂（Agatha Christie）著；宋碧雲譯. -- 二版.-- 臺北市：遠流出版事業股份有限公司, 2023.10
面； 公分. -- (克莉絲蒂繁體中文版20週年紀念珍藏；49)
譯自：They Do It With Mirrors
ISBN 978-626-361-260-0(平裝)

873.57　　112014656

克莉絲蒂繁體中文版 20 週年紀念珍藏 49

殺手魔術

作者 / 阿嘉莎．克莉絲蒂
譯者 / 宋碧雲

主編 / 陳懿文、余式恕　校對 / 呂佳眞
封面、內頁設計 / 謝佳穎　排版 / 連紫吟、曹任華
行銷企劃 / 舒意雯　出版一部總編輯暨總監 / 王明雪

發行人 / 王榮文
出版發行 / 遠流出版事業股份有限公司
地址 / 104005臺北市中山北路一段11號13樓
電話 / (02)2571-0297　傳眞 / (02)2571-0197　郵撥 / 0189456-1
著作權顧問 / 蕭雄淋律師

2003年6月1日 初版一刷
2023年10月1日 二版一刷
定價 / 新臺幣380元 (缺頁或破損的書，請寄回更換)

ISBN 978-626-361-260-0

遠流博識網 http://www.ylib.com E-mail: ylib@ylib.com
遠流粉絲團 https://www.facebook.com/ylibfans